張小嫻

AMY CHEUNG

愛情王國

雪地裡的天使蛋捲

All I Want is a Promise

張小嫻

Novel of Amy Cheung

目錄——Contents

篇一
令人著迷的茉莉花香味

每個晚上，他仍會靜靜坐在馬桶蓋上，
聽著水管裡流動的水聲，
貪婪地呼吸著窗外飄進來的她的沐浴乳的
茉莉花香味……

澄：

青春歲月虛妄的日子裡，我們都曾經以為，兩個人只要相愛，就能夠為對方改變。不是有這樣一首歌嗎？我是一團泥，你也是一團泥，兩團泥搓在一起，你裡面有我，我裡面也有你。這是騙人的，數學裡有一個實驗叫「摩爾的糖果」，一位名叫摩爾的美國工程師，把一種球狀的、相同數量的紅色糖果和綠色糖果一同放在一個玻璃瓶裡，然後搖晃瓶子，直到兩種顏色完全混合。你以為紅色和綠色的糖果會很均勻地混合在一起嗎？不是的，你所看到的是不規則的大片的紅色綴著大塊的綠色。

雖然放在同一個瓶子裡，兩種顏色的糖果依然各據一方。我從來沒有改變你，你也沒有改變我。無論多麼努力，我們始終各據一方。

分手那一天，我跟你說：「以後不要讓我再看見你。」

或許你以為我因為太恨你才這樣說，不，我只是無法承受愛你的痛苦。即使再走在一起，我們終究還是會分開的。離開你的時候，我期望我們餘生也不要再見。別離的痛楚，一次已經很足夠。

如果有一天，你突然收到我送來的東西，也許，我已經不在這個世上。

阿棗

李澄已經很多天沒有外出了，兩個星期前答應交給人家的漫畫，現在還沒有畫好。

那個可惡的編輯昨天在他的電話答錄機上留下一段話：

「李澄，我在等你的畫，要截稿了，不要再逃避，面對現實吧！」

他才不需要這個黃毛丫頭來教他面對現實。這份工作是他的舊朋友符仲永介紹給他的，他看不起這張報紙，如果不是為了付租金，他才不會接下這份工作。

今天早上，那個編輯又在電話答錄機上兇巴巴地留言：「李澄，快點交稿，否則我們不用你的畫了；還有，總編說要你在漫畫裡加一些性笑料。」

李澄索性把話筒擱起來。

他打開一扇窗，十一月了，夾雜著樓下那家「雲芳茶室」的咖啡香味的微風吹進這所侷促的小房子裡，那一棵畫在牆上的聖誕樹，已經剝落了大部分，只剩下一大塊綠色。

他肚子有點餓，站起來走到冰箱找點吃的。冰箱裡只有一個硬得像石頭的麵包，不知道是什麼時候吃剩的。李澄在牆上找到薄餅外送店的電話號碼，打電話去叫外賣。

女店員在電話那一頭說：「大概要等四十五分鐘。」

不久之後，有人拍門，李澄去開門，一個穿制服的年輕小伙子站在門外。

「我們是送東西來的，你的門鈴壞了。」

「多少錢？」李澄走進屋裡拿零錢。

小伙子回頭跟後面的人說：

「抬進來吧。」

「抬什麼進來？」李澄問。

兩個搬運工人吃力地抬著一個長方形的大木箱進來。

「我叫的是薄餅，這是什麼？」

「我們是貨運公司的，你是李澄先生嗎？」

「是的。」

「那就沒錯，這件東西是寄給你的。」

「這是什麼東西？」李澄問。

「我也不知道，是從芬蘭寄來的。」

「芬蘭？」

「請你簽收。」

李澄簽收了那件貨物。

「謝謝你，再見。」小伙子和搬運工人關上門離開。

木箱的確是寄給李澄的，但李澄想不起他有什麼朋友住在芬蘭。他用螺絲起子把木箱撬開，藏在木箱裡面的，是一輛腳踏車。李澄把腳踏車從箱子裡抱出來，腳踏車老了，憔悴了，像一頭跑累了的驢子，已經不是本來面目，只有後輪擋泥板上那道深深的疤痕還在。觸摸到那道疤痕的時候，李澄的手不停在顫抖。

十四年了，原來她在遙遠的芬蘭，那個冬天裡沒有白晝的地方。

那一年初夏一個明媚的早上，方惠棗到洗衣店拿衣服。店員把乾洗好的衣服拿出來，方惠棗點點看，說：「對了。」

她把襯衫和西褲搭在手肘上，外套和西裝搭在另一隻手上，再把那張被子抱在懷裡。

今天的天氣特別好，抱著自己心愛的男人的衣服和他蓋過的被子，她覺得心情也好像好起來。

史明生還在睡覺，半張臉埋在枕頭裡，方惠棗把衣服脫下來，只剩下白色的胸罩和內褲，悄悄鑽進史明生的被窩裡，手搭在他的肚子上，一邊乳房緊貼著他的背，大腿纏著他的大腿。

「不要這樣，我很累。」他拉著被子說。

「你是不是不舒服？」她摸摸他的額頭。

「頭有點痛。」他說。

「我替你按摩一下好嗎？」

「不用了。」他背著她睡。

她覺得很難堪，她這樣鑽進他的被窩裡，他卻無動於衷，她悲哀地轉過身去，抱著自己的膝蓋，飲泣起來。

「不要這樣。」他說。語氣是冷冷的。

「你這半年來為什麼對我這樣冷淡？」她問他。

「沒這種事。」

「你是不是愛上了別人？」

「你又來了。」他有點不耐煩。

「你已經愛上別人，對嗎？」

他沉默。

「她是誰？」她追問。

「是公司裡一個女孩子。」他終於承認。

「你是不是不再愛我？」

她只能聽到他從咽喉間發出的一聲嘆息。

「我們不是有很多夢想和計畫的嗎？」她哭著問他，「我們不是曾經很快樂的嗎？你記不記得我們說過二十六歲結婚，那時候，你也許會回去大學唸一個碩士學位，三十歲的時候，我們會生一個孩子。」

他嘆了一口氣說：「當你十八歲的時候，這一切都很美好；當你二十歲，你仍然相信你們那些共同的夢想是會實現的；當你二十四歲，你才知道，人生還有很多可能。」

他說得那麼瀟灑漂亮，彷彿一點痛楚都沒有，他已經不再愛她了，她陡地跳下床，慌亂地在地上尋找自己的衣服。

「你要去哪裡？」他被她忽然而來的舉動嚇了一跳。

她一邊穿衣服一邊說：「在一個不愛我的男人面前穿得這樣少，我覺得很難堪。我已經把你的衣服從乾洗店拿了回來，我今天晚上要去參加一個舊同學的婚宴。」忽然，她苦澀地笑，「我為什麼告訴你呢？彷彿我們明天還會見面似的。」

他不知道應該做些什麼，只好繼續坐在床上，像個窩囊廢。

看到他這副樣子，她心裡突然充滿了奇怪的悲傷，他決定拋棄她，他應該是個強者，他現在看來卻像個弱者，只希望她儘快放過他。他只想快點擺脫她。

她走了，輕輕地關上門，跌跌撞撞地走進電梯裡，電梯的門關上，她失控地蹲在地上嗚咽。她和他一起七年了，她不知道以後一個人怎麼生活。

婚宴在酒店裡舉行，新娘子羅憶中跟方惠棗是中學同學。方惠棗恍恍惚惚地來到宴會廳外面，正要進去，一個女孩子從宴會廳裡走出來，一把拉住她。

「方惠棗。」女孩熱情地捉著她的手。

方惠棗很快就認出面前這個女孩是周雅志，她中四那一年就跟家人移民去了德國。

「裡面很悶，我們到樓下酒吧喝杯酒。」周雅志拉著她。

在酒吧坐下來，方惠棗問她：「你什麼時候回來的？」

「回來兩年了。」

「你是不是一直都在德國？」

「對呀，我住在不來梅。」

「那個童話之城是嗎？我在雜誌上見過圖片，整個城市就像童話世界一樣漂亮。」

「是的，人住在那裡，好像永遠也不會長大，差點還以為人生會像童話那麼美麗。」

「你走了之後，我寫過好幾封信給你，都給退回來了。」

「我們搬過幾次家，我也是昨天在街上碰到羅憶中，她說今天結婚，說你會來，我特地來見見你。」

「你現在在哪裡工作？」

「我教鋼琴。」

「對，我記得你彈琴很好聽啊——」

「阿東，你的樣子很憔悴，你沒事吧？」

「我剛剛跟男朋友分手，他愛上了別人。」

「為什麼會這樣？」

「也許我們一起的時間太長了吧，他已經忘記了怎樣愛我。我記得在報紙的漫畫上看過一句話，漫畫的女主角說：『愛情使人忘記時間，時間也使人忘記愛情。』說得一點也沒有錯。」

「那是李澄的漫畫。」

「你也有看他的漫畫嗎？」

「嗯。」

「我每天都看。他的漫畫很精采，有時候令人大笑，有時候又令人很傷感。」

這些日子以來，李澄的漫畫陪她度過沮喪和寂寞的日子，每天早上，她打開報紙，首先看的就是他的漫畫。

「如果他知道有你這麼一位忠實的讀者，他一定會很高興。你長得有點像女主角曼妮，曼妮也是愛把頭髮束成一條馬尾，鼻子尖尖的，臉上有幾顆雀斑。」周雅志說。

「你認識他的嗎？」聽周雅志的語氣，她好像認識他。

「他是我男朋友。」

「真的嗎？」

「嗯。」

「他長得什麼樣子？」

「我們明天晚上會見面，你也一起來吧！那就可以知道他是什麼樣子的。」

「會不會打擾你們？」

「怎麼會呢？」

「他看愛情看得那麼透徹，應該是一個很好的男朋友吧？」

「明天你就會知道。」周雅志寫下餐廳的地址給方惠棗，說：「八點鐘在餐廳見，我要走了。」

「你不進去嗎？」

「裡面太悶了，大家都在談論哪個同學最近失戀，哪個未結婚有了孩子。將來，同一些人又會在討論誰跟丈夫離婚了，誰又第二次結婚，誰的丈夫跟人跑了。」

周雅志一點也沒變，還是那麼自我。

第二天晚上，方惠棗準時來到餐廳。

「他還沒有來嗎？」她坐下來問周雅志。

「他常常遲到的，我們叫東西吃吧！」

「不用等他嗎？」

「不用了。」周雅志好像已經習慣了。

九點半鐘，李澄還沒有出現，方惠棗有點兒失望。

「我們走吧，不要等了。」

「要不要再等一下？」

「不等了。」

她們正要離開的時候，李澄來了。他穿著一件胸前印有一個鮮黃色哈哈笑圖案的白色T恤和一條淺藍色的牛仔褲，臉上帶著孩子氣的笑容。

李澄坐下來，一隻手托著下巴，一點也沒有為遲到那麼久而感到抱歉。周雅志好像也沒打算責備他。

「我跟你們介紹，這是李澄，這是我的老同學方惠棗。」

「叫我阿棗好了。」

雖然素未謀面，但她天天看他的漫畫，他早就跟她在報紙上悄悄相逢，他已經成為她生活的一部分。這天晚上，與其說是初遇，不如說是重逢更貼切一些。

「阿東是你的忠實讀者。」周雅志說，「她帶了你的書來，你給她簽名。」

「那就麻煩你了。」方惠棗把書拿出來。

他看看那本書，問她：「這是第一版嗎？」

「是的。」

「我自己也沒有第一版，這本給我好了，改天我送一本新的給你。」他把那本書放進自己的背包裡。

「不，這本書是我的——」她想制止他。

「這樣吧，我送一套我的書給你，一套換一本，怎麼樣？」

「不——」她對那本書有感情。

「就這樣決定。」他老實不客氣地說。

「為什麼以前沒聽說過你有一個老同學的？」他問周雅志。

沒等周雅志回答，他就問方惠棗：

「你是幹哪一行的？」

「教書。」

「教哪一科？」

「數學。」

「數學？你竟然是讀數學的？」

「有什麼問題？」她反過來問他。

「讀數學的人是最不浪漫的。」

「數學是最浪漫的。」她反駁。

「你是說一加一很浪漫？」他不以為然。

「一加一當然浪漫，因為一加一等於二，不會有第二個答案，而且可以反覆地驗證，只有數學的世界可以這麼絕對和平衡，它比世上任何東西都要完美，它從不說謊，也不會背叛。」

她那一輪輕輕的辯護把他嚇倒了，這個長得有點像他漫畫裡女主角的女孩子，為她所相信的真理辯護時，憔悴的眼睛裡閃爍著光芒，她彷彿不是來自現實世界，而是從一個數學的世界走出來的。放在她那精緻的臉上的，不是五官，而是一二三四五六七這些數字。

「我有話跟你說。」被冷落一旁的周雅志說。

「什麼事？」他笑著問她。

「我愛上了別人。」她冷冷的說。

李澄臉上的笑容僵住，一秒鐘之前，他還是很得意的，他臉上的肌肉剎那之間也適應不來，仍然在笑，就跟他胸前那個哈哈笑一樣。

方惠棗呆了一下，她沒想到周雅志會當著她面前向李澄提出分手，他們兩個人的事，她沒理由夾在中間。

「我有點事要先走，你們慢慢談。」她拿起皮包想離開。

周雅志一把拉著她說：「我跟你一起走，我約了人。」

李澄雙手托著頭，苦惱地擠出一副滿有風度的樣子，跟方惠棗說：

「如果有機會再見的話，我會遵守諾言送你一套書。」

「其實你不應該叫我來。」在計程車上，方惠棗跟周雅志說。

「過了今天晚上，我就不能介紹你們認識，你不是很想認識他的嗎？」周雅志說。

「你真的愛上了別人嗎？」

「嗯，我們明天一起去歐洲玩。」周雅志甜絲絲地說。她從皮包裡掏出一張紙，在上面寫下一個電話號碼交給方惠棗。

「這是李澄的電話號碼，有機會的話，你替我打一通電話安慰他。司機，請你在前面停車，我就在這裡下車了，再見。」

「再見。」

方惠棗看著周雅志下車走向一個站在不遠處的男人，她只看到那個男人的背影。

她不懂怎樣安慰李澄，她連安慰自己都不行。

幾天後，她打了一通電話給李澄，接電話的是一台電話答錄機，她留下了姓名和電話號碼；然而，李澄沒有回她電話，也許，他根本不記得她是誰。

這天深夜，李澄打電話來了。

「你找我有什麼事？」他在電話那一頭問。

「你還好嗎？」方惠棗鼓起勇氣問他。

電話那一頭的他沉默下來。

「對不起，你的電話號碼是周雅志給我的。」

「我這幾天也找不到她，你知不知道她在哪裡？」

如果把真相告訴他，他會很傷心，她猶豫了片刻，說：「對不起，我不知道。」

「你明天晚上有空嗎？我說過送一套書給你的。」

「好的，在哪裡等？」

「在我們上次見面的那家餐廳好嗎？」

「回去那裡？你不介意嗎？」

「你是說怕我觸景傷情？」

「嗯。」

「你不知道在許多謀殺案中，兇手事後都會回到案發現場的嗎？」

「但你不是兇手，你是那具屍體。」

「我是在說笑話，讀數學的人是不是都像你這樣，理智得近乎殘酷的？」

她覺得自己可能真的有點殘酷，忍不住笑了兩聲，這些日子以來，她還是頭一次笑。

方惠棗在餐廳裡等了一個晚上，李澄沒有出現。這天之後，李澄再沒有消息，他的漫畫仍然天天在報紙上刊登，證明他還活著。也許，他不是忘記了和她的約會，而是赴約之前，他忽然改變主意，他不想再到那家餐廳。這樣想的時候，她就原諒了他的失約。

學校明天就開課了，方惠棗不知道自己是否適合當老師，是不是一位好老師，將來的一切，都是不可知的，她本來以為她身邊的男人會鼓勵她，陪她面對不可知的將來。現在，卻是她一個人孤單地面對將來，她覺得有點害怕。她鼓起勇氣打電話給史明生，電話那一頭傳來他的聲音。

「是我。」她戰戰兢兢地說。

「有什麼事？」

「我明天正式當老師了。」

「恭喜你。」

「我很想見你，我已經一個月沒見過你了，你現在有空嗎？」

「改天好嗎？」

「今天晚上可以嗎？」

「現在不行。」

「我只想見見你，不會花你很多時間。」

「對不起，我真的沒空。」他推搪。

「那算了吧！」為了尊嚴，她掛上電話。

他為什麼可以這麼殘忍？她蹲在電話旁邊，為自己哭泣。

電話的鈴聲再響起，她連忙拿起話筒。

「喂，是阿東嗎？我是李澄。」

她拿著話筒，不停地嗚咽，說不出一個字。

「不要哭，有什麼事慢慢說。」

她不停地喘氣，他根本聽不到她說什麼。

「你在哪裡？我來找你。」

李澄很快來到。方惠棗打開門，他看到她披頭散髮，腳上只趿著一隻拖鞋，一雙眼睛哭得紅紅的。

「你可以陪我去一個地方嗎？」她問。

方惠棗和李澄來到史明生的家外面，她用力撳門鈴，等了很久，也沒有人來開門。

「誰住在裡面？」他問。

「我男朋友，以前的。」

「裡面好像沒有人。」

她掏出鑰匙開門，但那一串鑰匙無法把門打開。

「看來他已經把門鎖換掉了。」李澄說。

「不會的，你胡說！」她試了一次又一次，還是沒法把門打開。

她不敢相信史明生竟然把門鎖換掉，他真的那麼渴望要擺脫她嗎？

她走到後樓梯，那裡放著幾袋由住客丟出來的垃圾。她蹲下來把黑色那一袋垃圾解開，把裡面的垃圾通通倒在地上。

「你幹嘛？」他以為她瘋了。

「這一袋垃圾是他扔出來的。」她蹲在地上翻垃圾。

「你怎麼知道？」

「這款垃圾袋是我替他買的。」

「你想找些什麼？」

「找找有沒有女人用的東西。」
「找到又怎樣？」
「那就證明他們已經住在一起。」
「證明了又怎樣？」
「你別理我。」
她瘋瘋癲癲地在那堆剩菜殘羹裡尋找線索，給她找到一排錫製的藥丸包裝紙，裡面的藥已經掏空。
「這是什麼藥？」她問李澄。
「避孕藥。」他看了看說。
「你怎麼知道是避孕藥？你吃過嗎？」她不肯相信。
「我沒吃過，但見過別人吃。」
「避——孕——藥。」她頹然坐在地上。那個女人已經搬進來，而且已經跟史明生上過床。

李澄把地上的垃圾撿起來放回垃圾袋裡。

「你幹什麼？」她問。

「如果他發現自己家裡的垃圾被人翻過，一定猜到是你做的。女人真是可怕，平常看到蟑螂都會尖叫，失戀的時候竟然可以去翻垃圾。」

「你不也是失戀的嗎？為什麼你可以若無其事？」她哭著問他。

他掏出手絹替她抹乾淨雙手，說：「一個人的生命一定比他的痛苦長久一些。」

「回家吧。」他跟她說。

李澄把方惠棗送回家。

「你可不可以去洗個澡，你身上有著剛才那些垃圾的味道。」他說。

她乏力地點頭。

「你三十分鐘之內不出來，我就衝進去。」

「為什麼？」

「我怕你在裡面自殺。」

「啊，謝謝你提醒我可以這樣做。」她關上浴室的門。

李澄在外面高聲對她說：「記著是三十分鐘，我不想衝進來看到你沒穿衣服。」

她脫下那一身骯髒的衣服，在蓮蓬頭下面把身體從頭到腳洗一遍，她竟然做出那種傻事，她大概是瘋了。

李澄坐在浴室外面，嗅到一股從浴室的門縫裡飄出來的沐浴乳的茉莉花香味，確定她在洗澡，他就放心了。他看到書架上有一張小小的腳踏車的素描，鑲在一個漂亮的畫框裡，旁邊又放著幾本關於腳踏車的書。

方惠棗洗完澡從浴室出來。

「謝謝你。」她憔悴地說。

「你沒事的話，我走了，再見。」

「再見。」

現在又剩下她一個人，她捨不得他，但是她沒理由要他留下來陪她，只好眼巴巴看著他走。

今天晚上，她不想回到床上。床是無邊無際，人躺在上面，孤苦無依。她蜷縮在沙發上，這張沙發很短，她要把身體蜷曲起來，抓住靠背，才能夠睡在上面。雖然睡得不舒服，卻像被懷抱著，不再那麼空虛。

門鈴忽然響起，她跑去開門，是李澄。

「我想我還是留下來陪你比較好。」他拿了一把椅子坐在書架旁邊。

有李澄在身邊，她不再覺得孤單。

「謝謝你。」

「不用客氣。」

「我記得你說過『愛情使人忘記時間，時間也使人忘記愛情』，說得很對。」

「嗯。」

「你知道失戀使人忘記什麼嗎?忘記做人的尊嚴。」她喃喃地說。

「睡吧。」他安慰她。

她閉上眼睛,弓起雙腳,努力地睡,希望自己能夠快點睡著。

看到她睡了,他站起來,打開一扇窗,九月的微風夾雜著樓下茶室的咖啡香味飄進來,從這所房子望出去,可以看到一個美麗的運動場和一個美麗的夜空,只是,這天晚上,運動場和夜空都顯得有點荒涼。

「那天晚上你為什麼不來?」她在朦朧中問他。

「我忘記了。」

「那麼容易就把事情忘記的人,是幸福的。」她哀哀地說。

早晨的微風輕拂在她臉上,有人在叫她。

「阿東。」她張開眼睛,看到李澄站在她面前,他臉上長出短短的鬚髭。

「天亮了，今天是九月一日，你是不是要上班？」

她嚇了一跳，問他：「現在幾點鐘？」

「七點鐘。」

「哦。」她鬆了一口氣。

「你整夜沒睡嗎？」她問。

「沒關係。」

他守護了她一個晚上，她有點過意不去。

「你今天晚上有空嗎？我請你吃飯。」

他笑著點頭。

她約了李澄在街上等，一個人站在百貨公司門外等他的時候，她有點後悔，他那麼善忘，會不會又忘了？

出乎意料之外，李澄很準時來到。

「送給你的。」他把三本書交給她，「我答應過要送一套書給你。」

「謝謝你。」

「第一天開學怎麼樣？」

「我有點心不在焉，希望沒人看得出吧。」她苦笑。

「你喜歡到哪裡吃飯？」她問。

「我帶你去一個地方。」

李澄帶著方惠棗來到一家名叫「雞蛋」的餐廳。

一個年輕男人從廚房走出來，個子不高，臉上帶著羞澀的微笑。

「這是我的朋友阿棗，這是阿佑；這家餐廳是阿佑的。」李澄說。

「我們到樓上去。」阿佑帶著他們兩個沿著一道狹窄的樓梯往上走。

「這家餐廳為什麼叫『雞蛋』？是不是只可以吃雞蛋？」她好奇地問阿佑。

「不，這裡是吃歐洲菜的，叫『雞蛋』是因為我以前的女朋友喜歡吃雞蛋。」

「喔。」

「你們看看喜歡吃些什麼，廚師今天放假，我要到廚房幫忙。」阿佑放下兩份菜單。

「他用以前女朋友喜歡的食物來作餐廳的名字，看來很情深。」她說。

「幸好她不是喜歡吃豬肉。」李澄笑著說。

「他們為什麼會分手？」

「她愛上了別人，後來又和那人分了手，再跟阿佑一起。這幾年來，他們每隔一、兩年就會走在一起，一起幾個月之後又分開，阿佑永遠是等待的那一個。」

「是不是阿佑愛她比她愛阿佑多？」

「也不一定，有些人是注定要等待別人的，有些人卻是注定要被別人等待的。」

「聽起來好像後者比較幸福——」

「說得也是。去年除夕，阿佑的女朋友說會來找他，阿佑特地做了她最愛吃的蝸牛烘蛋捲——」

「蝸牛烘蛋捲？」

「是他的拿手好菜。」他露出一副饞嘴的樣子說，「但是她一直沒有出現。我常常取笑他，那是因為他做的是蝸牛烘蛋捲，蝸牛爬得那麼慢，她也許要三年後才會來到。」

「這世上會不會有一種感情是一方不停地失約，一方不停地等待？」她問。

「我想我一定是失約的那一方，只是，也沒人願意等我。」他苦笑。

「也不會有人等我。」她又想起史明生。

「又來了！」李澄連忙拍拍她的頭安慰她，「別這樣！又不是只有你一個人失戀。」

她用手抹抹濕潤的眼角，苦澀地說：「我沒事。」

阿佑剛好走上來，李澄跟他說：「你快去做兩客蝸牛烘蛋捲來。」

「他做的蝸牛烘蛋捲很好吃的，你吃了一定不再想哭。」李澄哄她。

「我現在去做。」阿佑說。

「不，不用了。」她說，「那道菜的故事太傷感了。」

「不要緊。如果有一道菜讓人吃了不會哭，我很樂意去做。」

「對不起。」她對李澄說。

「失戀的人有任性的特權，而且，我也想吃。」他吐吐舌頭。

阿佑做的蝸牛烘蛋捲送上來了。金黃色的蛋皮裡，包裹著熱烘烘、香噴噴的蝸牛。她把一隻蝸牛放在舌頭上，因失戀而失去的味覺頃刻之間好像重投她的懷抱。

「不哭了吧？」李澄笑著問她。

這一天，校長把方惠棗叫到校長室去。

「方老師，你班裡有一位學生投訴你。」校長說。

方惠棗嚇了一跳，班裡每個學生都很乖，她實在想不到為什麼會有人投訴她。

「他投訴我什麼？」

「投訴你上課時心不在焉，通常只有老師才會投訴學生不專心，所以我很奇怪。」

離開校長室，她反覆地想，班上哪個學生對她不滿呢？除非是他吧，一個名叫符仲永的男生上課時很不專心，她兩次發現他上課時畫圖畫，她命令他留心聽課，自此之後，他就好像不太喜歡她。上次的測驗，他更拿了零分。

下午上課的時候，她特別留意符仲永的一舉一動。他長得那麼蒼白瘦弱，她覺得懷疑他是不應該的，可是，偏偏給她發現他又偷偷在畫圖畫。

她走到他面前，沒收了他的圖畫。

「還給我。」他說。

「不可以。」她生氣地說，「這已經是第三次了，你為什麼不能專心聽課？」

他不屑地說：「一個老師不能令學生專心聽課，就是她的失敗。」

「你長大了，也只會說些讓人傷心的話。」她把沒收了的圖畫還給他。

她回到講台上，傷心地把這一課教完，她以為她的愛情失敗了，她還有一批學生需要她，可是，現在看起來，她也失敗了。

放學的時候，李澄在學校外面等她。

「你為什麼會在這裡？」她奇怪。

「剛剛在這附近，所以來看看你。今天好嗎？」

「很壞。」她沒精打采地說。

「為什麼？」

「有個學生看來不太喜歡我。」

「是他嗎？」他指著站在馬路對面公共汽車站的符仲永。

「你怎知道是他？」

「他看你的眼光很不友善。你先回去，我過去跟他談談。」

「不，不要——」她制止他。

說時遲，那時快，李澄已經跑到對面車站，一輛公共汽車剛駛到，李澄跟符仲永一起上了車。她想追上去也追不到。

這天晚上，她找不到李澄，她真擔心他會對符仲永做些什麼。

第二天上課的時候，看到符仲永坐在自己的座位上，她才放下心頭大石。

這幾天，符仲永有很明顯的改變，他上課時很留心，沒有再偷偷畫圖畫。

這天下課之後，她叫符仲永留下來。

「我檢討過了，你說得對，沒法令你們留心聽課，是我的失敗。」她歉疚地說。

「不，不，方老師，請你原諒我。」他慌忙說。

「我沒怪你，你說了真話，謝謝你。我那位朋友那天沒對你做些什麼吧？」

「沒什麼，他請我去喝酒。」他興高采烈地說。

「他請你喝酒？」她嚇了一跳。

「對呀，我們還談了很多事情。」

「談些什麼？」她追問。

「男人之間的事。」他一本正經地說。

「哦，男人之間的事——」她啼笑皆非。

「想不到你們原來是好朋友，我很喜歡看他的漫畫，他答應教我畫漫畫。」他雀躍地說，「條件是我不能再欺負你。」

「他這樣說？」

「他還送了一本很漂亮的圖畫集給我。方老師，對不起，我到校長那裡投訴你。」

「沒關係，你說得對，我上課時不專心，我以為沒人看得出來。」

「方老師，如果沒什麼事，我現在可以走了嗎？因為李澄約了我去踢足球，我要遲到了。」他焦急地說。

「你和他去踢足球？」

「他說我太瘦，該做點運動。」

「你們在哪裡踢球？」

方惠棗來到球場，看到李澄跟其他人在草地上踢足球，符仲永也加入他們。

李澄看到她，走過來跟她打招呼。

「他才十二歲，你不該帶他去喝酒。」

「一杯啤酒不算什麼。」

「校長知道的話一定會把我革職。但我還是要謝謝你，其實你不需要這樣做。」

「我不想有任何人讓你對自己失去信心。」他微笑著說，「而且，他的確很有天分，說不定將來會比我更紅。」

他對她那麼好，她不忍心再隱瞞他。

「有一件事我一直瞞著你——」

「什麼事？」

「周雅志去了歐洲旅行。」

「哦，謝謝你告訴我。」他倒抽了一口氣。

「下一次，我希望是我拋棄別人。」她說。

「為什麼？」他問。

「這樣比較好受。」

「說得也是。」

「不過，像我這種人還是不懂拋棄別人的。」她苦笑了一下。

自從把周雅志的行蹤告訴了李澄之後，方惠棗有好多天沒有他的消息了。

這天晚上，她接到他的電話。

「我就在附近，買漢堡上來跟你一塊吃好嗎？」

「好的。」她愉快地放下話筒。

他很快拿著漢堡來到。

「你沒事吧？」她問。

「我有什麼事？」他坐下來吃漢堡。

「對，我忘記了你比我堅強很多。」

「你一個人住的嗎？」

「這所房子不是我的，是我哥哥和他女朋友的。他們是移民去加拿大之前買下來的，我只是替他們看守房子。住在這裡，上班很方便。」

「你很喜歡腳踏車嗎？」他拿起書架上那張腳踏車的素描。

「嗯，以前住在新界，我每天都騎腳踏車上學。你不覺得它的外形很美嗎？就像一副會跑的眼鏡。」

「是的。」

方惠棗把書架上一本腳踏車畫冊拿下來，翻到其中一頁，指著圖中的腳踏車問李澄：「這一輛是不是很漂亮？」

圖中的腳踏車是銀色的，把手和坐墊用淺棕色的皮革包裹著，外形很時髦。

「這一輛腳踏車是在義大利製造的，是我的夢想之車。」她把畫冊抱在懷裡說。

「那你為什麼不買一輛？」

「你說笑吧？這輛車好貴的，我捨不得買。況且，好的東西也不一定要擁有。心情不好的時候，拿出來看看，幻想一下自己擁有了它，已經很滿足。」

李澄看到畫冊裡夾著一份大學校外課程簡介。

「你想去進修嗎？」

「只是想把晚上的時間填滿。現在不用了，我有一個同學介紹我到夜校教書，就是維多利亞公園對面那所夜校。你呢？你晚上會悶嗎？」

李澄從背包裡掏出一張機票給她看，那是一張往德國的機票。

「你要去找周雅志？」

「嗯，明天就去。她去歐洲的話，最後一定會回去不來梅。」

「如果她不回去呢？」

「我沒想過。」

他站起來跟她告別：「回來再見。」

「回來再見。」她有點捨不得他。

李澄走了，他忽然從她的生命中消失，她才發現原來他已變得那麼重要，有他在身邊的感覺，原來是那麼好的，她有點妒忌他，他可以那麼瀟灑地追尋自己失去的東西，她卻沒有這份勇氣。

李澄終有一天會走，他不是她的男人，她沒有權把他永遠留在身邊，他們只是在人生低潮的時候互相依靠，作用完了，也就分手，他會回到女朋友的身邊，又或者投到另一個女人的懷抱，而她也會投向另一個男人；想到這裡，她有點難過，有點想念他。

這天回家的時候，電梯被運送家具的工人霸佔著，方惠棗勉強擠進去。就在電梯門快要關上的一刻，一個男人衝進來，用腳抵住門，是李澄。

「你為什麼會在這裡？你不是去了不來梅嗎？」她愕然。

「我沒有去。」他微笑說。

電梯到了二樓，他跟她說：「到了。」

「不，我住在三樓。」

「但我住這一層——」

「你住這一層？」她吃驚。

「我今天剛剛搬進來。」工人把家具搬出去。

「這邊。」李澄跟他們說。

他又回來了，有他在身邊的感覺真好，她興奮得在電梯裡轉了一個圈。

李澄沒有告訴她，那天他在機場等候辦理登機手續的時候，突然很懷念她和這所房子。他想起那天晚上離開的時候，在大廈附近的地產公司看到她樓下的單位招租。他立刻離開機場，回來這裡。他不想尋找失去的東西，只想尋找自己的感覺，他感覺她需要他，他也需要她。在那段互相撫慰的日子裡，他已經愛上了她。

方惠棗教的是中四班，走進課室的那一刻，有數十雙充滿期待的眼睛看著她，學生的年紀看來都比她大。

授課的時候，她發現坐在後排的一個學生一直用課本遮著臉，她走上前看看他是不是睡著了。

「這位同學，你可以把課本拿下來嗎？」

那個人把課本放下，她看到是李澄，給嚇了一跳，李澄俏皮地向她做了一個鬼臉。

「我們繼續吧！」她轉身回到講台上，不敢讓其他學生看到她在笑。

下課之後，她問他：「你為什麼跑來讀夜校？這裡可不是鬧著玩的。」

「我也不是鬧著玩的，我想了解一下數學是不是你說的那麼浪漫。」

天氣有點涼，她從皮包裡掏出一條圍巾繞在脖子上。

「已經是深秋了。」他說。

「七年來都跟另一個人一起，我從沒想過我可以一個人生活，還過了一個夏天。」她滿懷感觸地說，「為什麼有些人可以那樣殘忍？」

「殘忍的人清醒嘛！」

「也許你說得對，我希望下一次，我會是那個殘忍的人。」她哽咽。

他和她漫步回家，她抬頭看到他家裡的燈還亮著。

「你外出的時候忘記關燈。」

「我是故意留一盞燈的，我喜歡被一盞燈等著回家的感覺。」

「只有一盞燈等你回家，那種感覺很孤單。」她說。

他在口袋裡掏出一串鑰匙給她，說：「這是我家的鑰匙，可不可以放一串在你那裡，我常常忘記帶鑰匙的。」

「沒問題。」她收起那串鑰匙。

他先送她上去，她家裡的電話剛剛響起，她拿起話筒，表情好奇怪，好像是一個很特別的人打來的。

「好的，明天見。」她放下話筒，興奮得跳起來，說：「他打電話給我！」

「誰？」

「史明生。他約我明天見面。他為什麼會約我見面？他是不是還愛我？」

她緊張地問。

「應該是吧。」他有點兒妒忌。

「我明天應該穿什麼衣服？」

「你穿什麼都好看。」

「真的嗎？」

「嗯。」

「我好害怕——」她忽然很徬徨。
「害怕什麼？」
「害怕猜錯了，也許他只是想跟我做回朋友，也許他只是想關心一下我。他不會還愛著我的。我應該去嗎？」
「明天我送你去好了。」他看得出她很想去，如果不去，她會後悔。
「真的？阿澄，謝謝你。」

這一天傍晚，李澄陪著方惠棗來到她和史明生約定的餐廳外面。
「千萬不要哭，要裝出一副不太在乎的表情。」他叮囑她。
「不太在乎的表情是怎樣的？」她有點緊張。
李澄掀起嘴角，微微地笑了一下，說：「就是這樣。」
她掀起嘴角微微地笑了一下。

「就是這樣，你做得很好。」

「那麼，我進去了。」她說。

「慢著。」

「什麼事？」

「你的口紅塗得太鮮艷了一點。」

「那怎麼辦？」

他從口袋裡掏出一條手絹，放在她兩片嘴唇之間，吩咐她：「把嘴巴合起來。」

她聽他吩咐把嘴巴合起來，把口紅印在他的手絹上，口紅的顏色立刻淡了一點。

「現在好得多了。」他說。

「謝謝你。」

李澄把那條手絹收起來，目送著方惠棗走進餐廳。她的男人在裡面等她，她還是愛著他的，他們也許會再走在一起。她身上的茉莉花香味還在空氣中飄蕩，他覺得很難受，只好急急離開那個地方。

一個人回到家裡，有一盞燈等他回去的感覺真好。他把燈關掉，坐在窗前，就這樣等了一個漫長的夜晚。樓上一點動靜也沒有，平常這個時候，只要走進浴室，他就能聽到水在水管裡流動的聲音，那是因為住在樓上的她正在洗澡。這個時候，如果打開浴室的一扇窗，他還能夠嗅到從樓上飄來的一股沐浴乳的茉莉花香味，然而，今天晚上，她也許不會回來了。

早上，李澄在樓下那家「雲芳茶室」裡一邊看報紙一邊吃早餐，方惠棗推門進來買麵包，她身上穿著昨天的衣服，頭髮有一點亂，口紅已經褪色了，她發現他坐在那裡，有點尷尬。

「昨天晚上怎麼樣？」他問她。

她笑得很甜，看見她笑得那麼甜，他心裡有點酸。

「我不陪你了，今天早上有人來看房子。」她說。

「看房子？」

「哥哥決定留在加拿大，要我替他把房子賣掉。」

「哦。」

她走了，他轉過臉去，在牆上的一面鏡子裡看看自己，幸好，他的表情老是顯得滿不在乎，她應該沒看穿他的心事。

她在蓮蓬頭下面愉快地沐浴，樓下的他，悄悄打開浴室裡的一扇窗，坐在馬桶蓋上，哀哀地呼吸著從樓上飄進來的沐浴乳的餘香。

這天晚上，在夜校的課室裡，方惠棗背對著大家，在黑板上寫下一條算式，李澄忽然拿起背包，離開課室。

放學的時候，她看到李澄倚在學校門外的石榴樹下面等她。
「是不是我教得不好？」
「不，我只是想出來吹吹風。去吃蝸牛烘蛋捲好嗎？」
「今天不行，他來接我。」
「哦，沒關係，那我先走了。」
這個時候，史明生開車來到。
「再見。」她跟李澄說。
「再見。」他看著她上車。
「那個人是誰？」史明生問她。
「住在我樓下的，他是漫畫家。」
史明生的傳呼機響起，他看了看，繼續開車。
「要不要找個地方回電話？」她試探他。

「不用了。」

「是誰找你？」

「朋友。」

史明生把車駛到沙灘停下來。

「你還跟她一起嗎？你答應過會離開她的。」她哽咽，「你根本沒有離開她。」

他緩緩解開她衣服的鈕子。

「不要——」她低聲啜泣。

他無視她的抗議，把手伸進她的衣服裡面撫摸她。

「不要——」她哀求他。

他沒理會她的哀求，貪婪地撫摸她流淚的身體。

在他開車送她回家的路上，她忽然明白，這是最後一次了。

坐在她旁邊的這個男人，是那麼陌生，他已經變了，他並不打算跟她長相廝守，他只是想維持一種沒有責任的關係，如果她也願意維持這種關係，他很樂意偶然跟她歡聚。只要她不提出任何要求，他會繼續找她。

車子到了她家樓下。

「我會找你。」他說。

「請你不要再找我。」她說。

「你說什麼？」他愕然。

「我不是妓女。」

「我沒把你當作妓女。」他解釋。

「對，因為妓女是要收費的。」

「你到底想怎樣？你不是想我回來的嗎？」史明生生氣地說。

「現在不想了。」她推開門下車。

李澄在街上蕩了一個晚上，剛好看到方惠棗從史明生的車上走下來。她恍恍惚惚的，臉上的妝都糊了，襯衫的一角從裙子裡跑出來。她看到他，四目交投的那一刻，她覺得很難堪，沒說一句話，匆匆走進大廈裡。

後來有一天晚上，方惠棗到樓下的茶室吃飯。她推門進去，看到李澄也坐在那裡。他看到了她，露出溫暖的笑容。在紛紛亂亂的世界裡，在失望和茫然之後，他們又重逢了。

她在他面前坐下來，不知道應該說些什麼。

「叫點什麼東西吃？」他問她。

「火腿蛋炒飯。」她說。

「近來為什麼不見你來上課？」她問。

「最近比較忙。」他在說謊，他只是害怕看著她時那種心痛的感覺。

「你跟他怎麼啦？是不是已經復合？」他問。

「我不會再見他了。」她肯定地說。

李澄心裡有點兒高興。

「房子已經賣掉。」她告訴他，「賣給一對老夫婦，他們退休前也是教書的，男的那位臉圓圓的，很慈祥，女的那位臉孔長長的，很嚴肅，真是一對奇怪的組合。他們養了一頭短毛大狗，叫烏德，很可愛。」

「是嗎？」房子賣掉了，就意味著她要離開，他有點兒失落。

「什麼時候要搬？」他問。

「下個月。」

「喔。」他悵悵地應了一聲。

「嗯。」她點點頭。除了點頭，她也不曉得說些什麼。

他忽然覺得，他還是應該表現得滿不在乎一點，於是他掀起嘴角，微微笑了一下，一連點了幾下頭說：「喔！」

她本來以為他會捨不得她，但是他看來好像不太在乎，於是她又連續點了幾下頭，提高嗓子說：「嗯！」

「喔！」他又低頭沉吟了一會。

「嗯。」她喃喃地說。

她曾經以為，離別是有萬語千言的，縱使沒有萬語千言，也該有一些深刻的告別語，原來，曖曖昧昧的離別，只有一個單音。兩個成年人，彷彿又回到牙牙學語的階段。

這陣子，李澄老是裝出一副很忙碌的樣子，有意無意地避開方惠棗。只是，每個晚上，他仍然會打開浴室的一扇窗，靜靜坐在馬桶蓋上，聽著水在水管裡流動的聲音，貪婪地呼吸著從窗外飄進來的她的沐浴乳的茉莉花香味。長久以來，她竟然從沒改用過另一種味道的沐浴乳，她是那麼專一的一個女人，也許她永遠不會忘記那個男人。

她離開的日子愈接近，他愈是無法坦然面對她，偏偏這一天晚上，他在回家的時候碰到她。

「今天晚上很冷。」她說。

「是的。」

「你這陣子很忙嗎？」

「喔，是的，在三份報紙有漫畫專欄。你什麼時候搬走？」

「下星期日。」

「明天晚上你有空嗎？我請你吃飯，你搬走之後，我們不知什麼時候會再見。」

「嗯。」她覺得他這陣子好像刻意逃避她，現在他約她吃飯，她就放心了。

「那麼明天晚上在『雞蛋』見。」

第二天晚上，方惠棗來到「雞蛋」餐廳。

「只有你一個人嗎？」阿佑問她。

「不，我約了李澄。」

她在餐廳裡等了一個晚上，李澄沒有來。這是告別的晚餐，他也失約了。也許，李澄從來就沒有喜歡過她，是她自己誤會罷了。

李澄躺在球場的草地上，已經十一點鐘了，阿棗也許還在餐廳裡等他，她是那麼笨的一個人，一定會乖乖地等到打烊。他本來想去的，可是，時間愈逼近，他愈不想去，他無法面對別離。他已經愛上她了。

如果別離是一首歌，他是個荒腔走板的人，從來沒法把這首歌唱好。

如果別離是一首詩，他是一個糟糕的詩人。

他不想回家，不想回去那個充滿離愁別緒的地方，他承受不起別離的痛楚。

李澄已經許多天沒回家了，方惠棗今天就要搬走。搬運工人已經把東西搬到樓下。

「小姐，可以開車了，我們在樓下等你。」搬運工人跟她說。

「知道了。」

李澄曾經給她一串鑰匙。她來到二樓，用鑰匙打開門，裡面的燈還是亮著的，在等它的主人回來。她把燈關掉，讓他知道她來過，她曾經等待過。

傍晚，李澄拖著疲乏的身軀回來。

他離開的那一天，家裡的燈明明是亮著的，為什麼會關掉？他不可能在離家之前忘記開燈。是她來過，是她故意把燈關掉的。

對他來說，那是等他回家的燈。對她來說，那是別離的燈。

「真可惜。」夜校主任說。

「很抱歉，我會等你們找到接替的老師才離開。」方惠棗說。

當天來這裡教書，是因為晚上太寂寞。日校的工作愈來愈忙，她只能放棄這份曾經陪她度過悲哀的日子的工作，重新回到生活的軌道上。李澄說得對，一個人的生命一定比他的痛苦長久一些。

最後一個學生都離開了，方惠棗把課室裡的燈關掉。

她孤單地穿過昏黃的走廊離開學校，外面颳著刺骨的寒風，黃葉在地上沙沙飛舞，在門外那棵石榴樹下，她訝然看到一張熟悉的臉。李澄站在樹下，伸手扳下一條光禿的樹枝椏。他看到了她，連忙縮回那隻手，在大腿上拍了兩下，抖落手上的灰塵，露出溫暖的笑容。

那一瞬間，她愛上了他，她毫無還擊之力，無法說一聲「不」。她知道，從此以後，她不是孤單地回到生活的軌道上，而是和李澄一起回去的。

「謝謝你替我把燈關掉。」他說。

「喔，不用客氣。」她的耳朵陡地紅起來。

「我真的捨不得那所房子。」她說。

「那麼，留下來吧。」

「房子已經賣掉了。」

「你可以搬來跟我一起住。」

她被他突如其來的，深情的邀請震撼著，毫無招架之力。

她這一輩子還不曾接受過這樣的邀請，這個邀請似乎來得早了一點，卻又是那麼理所當然。她曾經花掉七年光陰在史明生身上，使她相信，當你喜歡一個人，沒有任何理由再拖延時間；在她此生有限的光陰裡，她想不到有什麼比跟她喜歡的男人同眠共寢更逼切的。

「你會不會跟我爭浴室用？」她微笑著問他。

篇二——已經愛到危險的程度了

大概每一個戀愛中的女人都是這樣的吧？
總是神經質的害怕驟然失去眼前的幸福。

「方老師，有電話找你。」校工走來告訴方惠棗。

「謝謝你。」

她拿起話筒，電話那一頭是周雅志。

「阿棗，很久沒見了。」

「你什麼時候回來的？」她有點慌張。

「回來兩天了。有空出來見面嗎？」

「好的。」

周雅志為什麼忽然回來香港？應該告訴李澄嗎？她害怕失去他。有生以來，她從沒這麼害怕過。

她在約定的時間來到咖啡室，周雅志已經在那裡等她了。

「別來無恙吧？」周雅志問她。

「還好。你為什麼會回來的？」

「累了就回來。我已經走了差不多一年。你有沒有見過李澄？」

她給周雅志的問題嚇了一跳，雖然早已經有心理準備，但她畢竟不是一個善於掩飾的人。

「有。」她老實回答。

「我走了之後，他是不是很傷心？」

「是的。」她點頭。

周雅志微笑嘆息了一下，每個女人大概都會為這種事感到一點兒驕傲吧？

「他還好嗎？」

「嗯，還好。」

「你有沒有和他睡過？」她問周雅志。這是她一直都想知道的。

「你以為我們還是小孩子嗎？」周雅志笑了起來。

雖然明知道李澄不可能沒有和別的女人睡過，只是，當她聽到周雅志的答案時，心裡還是有些不舒服的感覺。

「你會回到他身邊嗎？」她問。

「為什麼這樣問？」

她鼓起勇氣告訴周雅志：「我現在跟他一起。」

周雅志微微怔了一下，問她：「你是說李澄？」

「嗯。」

「怪不得你剛才問我那些問題。」

「對不起。」她慚愧地說。

「其實我早就猜到了。一個女人那麼關心一個男人有沒有和另一個女人睡過，只有一個原因，就是她很想或者已經跟那個男人睡過了。」

「那你為什麼還肯告訴我？」

「其實我也在試探你。今天早上我打電話給你的時候，你的聲音有點慌張，我早就猜到有事發生。那時候你們兩個都失戀，走在一起也是很自然的事。」

「我們不是因為失戀才走在一起的，我們是真心喜歡對方。」

「李澄很容易就會愛上別人，他不會真心喜歡你的。」她笑了一下。

「你為什麼這樣說？」方惠棗心裡有點生氣。

「他是不會喜歡任何人的，他只喜歡他自己。」

「他喜歡我的。」

「你並不了解他。」

「我了解他。」她堅持。

那天晚上睡覺的時候，方惠棗問李澄：

「你和多少個女人睡過？」

「你說什麼？」他帶著睡意問。

「你和多少個女人睡過？」

他把她納入懷裡，沒有回答她的問題。

「周雅志回來了。」她不想隱瞞他。

「是嗎？」他反應很平淡。

「我們今天見過面，她說你不會喜歡我，她說你不會喜歡任何人，你只喜歡你自己，是嗎？」

他微笑。這個問題，他也不懂回答。

「你還愛她嗎？」她問。

「我忘記了。」

這個答案，她是不滿足的。

上完下午第四節課，校工來通知方惠棗到教員室聽電話，電話那一頭是李澄。

「是我，我就在外面。」他說。

「你在哪裡？」她從教員室望出去，看到他就在對面的電話亭裡。他從電話亭走出來，俏皮地跟她揮揮手。

這個時候，教務主任剛好站在她面前。

「你找我有事嗎？」她壓低聲音問他。

「我只是想聽聽你的聲音，每天晚上能見到你真好。」

那一刻，她甜得好像掉進一池軟綿綿的棉花糖裡。她知道他是愛她的，昨天晚上他無法回答的問題，今天，他用行動來回答了。

「今晚在『雞蛋』見面好嗎？」他問。

「這算不算是約會？讓我好好地考慮一下要不要跟你出去——」她含笑說。

「我會等你的，七點鐘見。」他掛上電話。

那天晚上，她懷抱著日間的甜蜜來到「雞蛋」，李澄坐在角落裡等她。

「我有一個壞消息要告訴你。」他凝重地說。

她忽然好害怕，不知道他所說的壞消息是什麼。是關於他和她的嗎？他今天有點怪，譬如忽然在學校附近打一通電話給她，就只是想聽聽她的聲音，那會不會是分手的前奏？他會不會想要回到周雅志的身邊？她的心跳得很厲害。

「對不起——」他帶著遺憾說。

「為什麼要說對不起？」

「沒有新鮮蝸牛，所以今天不能做你喜歡的蝸牛烘蛋捲。」他露出狡猾的笑容說。

「你說的壞消息就是這個？」她的臉漲紅了。

「對呀！」他露出得意的神色，好像很滿意自己的惡作劇。

她拿起餐巾一邊打他的頭一邊罵他：「你嚇死我了！你嚇死我了！」

他雙手護著頭，無辜地說：「我跟你玩玩罷了，你以為是什麼壞消息？」

「我以為你不愛我！」她用餐巾掩著臉。

「你為什麼會這樣想的？」他覺得好笑。

大概每一個戀愛中的女人都是這樣的吧？總是神經質地害怕驟然失去眼前的幸福。

他拉開她手上的餐巾，看到她雙眼紅紅的。

「你的想像力比我還要豐富。」他笑著說。

「我害怕你會走——」

「我不會走。」他深情地說。

「哥哥，你也在這裡嗎？」一個穿淺藍色襯衫和帥氣西裝褲的女孩子從樓上走下來。

「這是我妹妹——」李澄說。

「我叫李澈。」女孩坐下來自我介紹。

「這是阿棗。」李澄說。

李澈有一雙很清澈的大眼睛，就跟她的名字一樣。

「是不是跟男朋友吃飯？」李澄問妹妹。

「我哪裡有男朋友？今天醫院放假，跟幾個朋友來吃飯罷了。」

「阿澈是醫生，她讀書成績比哥哥好很多。」李澄說。

「可惜比不上哥哥聰明。」李澈說。

「你是做哪一科的？」方惠棗問。

「麻醉科。」

「麻醉科好玩嗎？」

「跟哥哥畫的漫畫一樣，都是一種令人忘記痛苦的把戲。」

阿佑捧著兩客菠菜烘蛋捲從廚房出來，說：「沒有蝸牛烘蛋捲，來試試這個菠菜烘蛋捲。」

「你也坐下來一起吃點東西吧。」方惠棗說。

「你們吃吧，我胃有點痛。」

「痛得厲害嗎？」李澈問他。

「沒關係，一會兒就沒事了。」

這個時候，鄰桌一位客人拿著一瓶葡萄酒過來，跟阿佑說：

「阿佑，今天是我生日，你無論如何要跟我喝一杯。」

「好的。」阿佑不好意思推辭。

「我替他喝。」李澈把那杯酒搶過來喝光。

李澄和方惠棗把喝醉了的李澈扶進屋裡，讓她躺在床上。

方惠棗拿熱毛巾替她敷額頭。

「今天晚上讓她跟你睡吧，我從沒見過她喝酒的，她的酒量真差。」李澄說。

「那杯酒，她是替阿佑喝的。她是不是喜歡阿佑？」

「我也是今天晚上才知道。」

「阿佑不是在等另一個人嗎？」

「阿澈一向都是很固執的，這點跟她的哥哥最相似。」

「如果有一天我走了，你也會固執地等我回來嗎？」

「會的，就開一家餐廳等你回來。」他抱著她說。

「你根本不會做菜。」她含笑說，「但謝謝你願意等我。」

天亮的時候，李澈留下一張字條悄悄離開了。

後來有一天，李澈帶著一盆小盆栽來找方惠棗。

「送給你的，那天給你帶來很多麻煩，不好意思。」

「不要緊。」

那盆植物長著幾片鮮綠色的葉子，好像玫瑰花的葉。

「這是什麼花？好漂亮。」

「這是羅勒。」李澈說，「是一種香料，可以摘幾片剪碎用來拌番茄沙拉吃。」

「可以吃的嗎？」

「嗯。相傳說謊的男人觸摸到羅勒，羅勒就會立刻枯萎。」

「我想，枯萎的應該是被他觸摸到的女人才對。」方惠棗說。

「說得也是。哥哥呢？」

「他出去了。」

「你是怎樣認識哥哥的？」

「故事很長——」她笑著說。

「哥哥是個怪人。」

「怪人？」

「他什麼都是隨興之所至。」

「有創意的人都是這樣的。」

「什麼都隨興之所至的男人，是沒法給女人安全感的。」

「你是說，你不會愛上像你哥哥這種男人？」

李澈微笑搖頭，說：「愛上像他這種男人是很累的。」

「你喜歡的是阿佑那一種男人？」

「嗯！」她點頭。

「他好像一直在等另一個人——」

「我知道。因為欣賞他對另一個女人的深情而喜歡他，是不是有點不可理喻？」

「愛情本來就是不可理喻的。」

「我從沒談過戀愛，唸書的時候，全心全意把書唸好，想不到第一次喜歡一個人，就是暗戀。」

「暗戀是很苦的。」

「你忘了我是麻醉科醫生嗎?我既然能夠把別人麻醉,當然也能夠麻醉自己。」

「你用什麼方法麻醉自己?」

「你知道在麻醉劑沒有發明之前,醫生是用什麼方法把病人麻醉的嗎?」

「什麼方法?」

「用一根棍子把病人打昏。」

「你是說笑吧?」她笑了起來。

「我是說真的。」李澈認真地說。

「萬一病人在手術途中抵受不住痛楚醒了過來,又或者他被打得太重了,從此不再醒來,那怎麼辦?」

「所以麻醉一個人要比讓一個人清醒容易得多。」

「阿澈今天來過，送了這盆羅勒給我們。」方惠棗告訴李澄。

「嗯。」

「阿澄，你喜歡我什麼？」

「為什麼這樣問？」

「阿澈喜歡阿佑對一個女人的深情，你呢？你喜歡我什麼？」

「真的要說嗎？」

「我想知道。」

「喜歡你蹲在地上翻垃圾時那個瘋瘋癲癲的樣子。」

「胡說。」

「喜歡你很執著地說一加一是很浪漫的。」

「把你的手伸出來。」

「幹什麼？」

「伸出來嘛！」

李澄把右手伸出來，方惠棗捉著他的手觸摸那盆羅勒。

「果然是說真話。」她笑說。

「什麼意思？」

「相傳說謊的男人觸摸到羅勒，羅勒就會立刻枯萎。」

「哪有這回事？」

「那你剛才是說謊的嗎？」

「當然不是。」

「那就是呀！你想知道我喜歡你什麼嗎？」她躺在他身邊，用腳勾著他的腳，跟他纏在一起。

「不想。」

「為什麼不想知道？」

「知道又怎樣？將來你也會因為同一些理由而不喜歡我。」

「不會的。」

「喜歡一個人和不喜歡一個人，都是因為同一些理由。」

「不會的，如果不喜歡你，我想不到我這輩子還有什麼別的事情可以做。」她閉上眼睛幸福地用身體纏著他。

他望著她，一個女人的幸福正是她的男人的負擔，他忽爾覺得有點沉重。

早上離家上班的時候，方惠棗在大廈的大堂碰到樓上那位老先生和老太太，還有烏德，他們剛剛散步回來。

烏德很好奇地在方惠棗腳邊團團轉。

「早。」老先生說。

「早。」方惠棗說。

老太太臉上沒有什麼表情，逕自走在前面。

「牠沒有什麼朋友。」老先生抱歉地說。

「你說你太太？」

「不，我說這頭狗。」老先生尷尬地說。

方惠棗匆匆離開大廈，不敢回頭看老太太的神情。

這天晚上回到家裡，方惠棗剛打開門就看見李澄和烏德在地上玩。

「牠為什麼會在這裡的？」她愕然。

「當然是我讓牠進來的。」

「牠是樓上那位老先生和老太太的，那位老太太很兇的，你趕快把狗還給她。」

「是她讓烏德跟我回家的。」

「是嗎？」

「今天下午，我看到牠在走廊上徘徊，樓上那位老太太來找牠，我們談起來，她還請我上去坐呢，我們談了一個下午，她不知多麼健談，哪裡會兇？」

「你真厲害。女人都喜歡你，老太太喜歡你，這頭母狗也喜歡你，真令人擔心。」

她看到桌上有幾張女孩子的漫畫造型。

「這是什麼？」她問。

「我想畫一個長篇故事。」

「長篇？你不是一向只畫每天完的故事的嗎？」

「我現在想寫一些比較長的故事。」

「這些就是女主角的造型嗎？」

「隨便畫的，都不滿意，我還沒決定寫些什麼。」

她覺得他想寫長篇故事跟他開始追求天長地久的愛情，必然有一種關係，也許他為她改變了。

她依偎著他，問他：「你自己的愛情也是長篇的嗎？」

書架上的那盆羅勒已經長出很多葉子，從夏天到秋天，李澄常常待在書房裡畫他的長篇故事，烏德有時候會來找他，他跟牠玩一陣，牠就會心滿意足地回家去。

方惠棗在家裡覺得無聊的時候，會走進書房，坐在李澄的大腿上，李澄抱她一陣，為怕打擾他寫作，她只好不情不願地獨自回到床上，她覺得自己似乎跟烏德差不多。

李澄寫作的時候，她幫不上忙，有時候，看見他自言自語，她覺得她好像不了解這個人。

那天夜裡，她醒來的時候，李澄還在書房裡畫畫。

「畫了多少？」她問。

「很少。」他有點煩躁。

「我是不是影響你畫東西？」

「沒有，去睡吧。」

她獨自回到床上，不敢騷擾他。

到了午夜，肚子有點餓，李澄穿上外套去二十四小時便利店買點吃的。

離開便利店，他看到一個熟悉的身影走在對面人行道上，那是周雅志。她燙了一頭垂肩的鬈髮，穿著一襲黑色的裙子，把皮包搭在肩上，一個人孤單地向前走，腳步有些凌亂，似乎是喝了酒。

他本來想走過去叫她，但是轉念之間，他放棄了，只是站在那裡，看著她消失在燈火霓虹的街角。

回到家裡，方惠棗坐在沙發上等他。

「你到哪裡去了？」她帶著睡意問。

「到便利店買點東西。」他坐下來說。

「今天晚上總是睡得不好，好像有什麼事情要發生似的。」她把頭枕在他的肩膊上。

他呼吸著她頭髮的氣息，他忽然明白他剛才為什麼不走上去叫周雅志，因為他心裡的位置被她佔據著，即使只是跟舊情人寒暄幾句，他心裡也會覺得愧疚。愛情畢竟是一種羈絆。

這天，方惠棗接到爸爸來的電話。爸爸說，哥哥下星期回來度假，問她那天早上有沒有時間一起去接機，晚上一家人吃一頓飯。

「可以的，我週末不用上課。」

「你近來很少回家，是不是工作很忙？」

「嗯，是比較忙。」她抱歉地說。

「一個人在外面，自己要小心。有什麼事，一定要打電話回家，半夜三更也沒關係的。」

「爸爸，你們不是很早就上床睡覺的嗎？」

「我聽到電話鈴聲就會立刻起來，因為你一個人在外頭。」

忽然之間，她覺得很對不起爸爸。

「哥哥下星期回來。」她告訴李澄。

「是嗎？」

「他已經三年沒回來了，我很想念他。」

這幾天來，李澄一直想著那天晚上看到周雅志的事。

「你在聽嗎？」她問。

「嗯。」

「那天晚上，你和我們一起吃飯好嗎？」

「我？」

「我想讓他們知道我跟多麼好的男人在一起。」

「他們會失望也說不定。」

「怎麼會呢？你可以來嗎？」她期待著他的答案。

他很害怕那種場面，但是為了不讓她失望，他答應了。他又再一次改變自己，他從前絕對不會做這種事的。

這天早上出去接哥哥之前，方惠棗叮囑李澄別忘了晚上八點鐘在餐廳見面。

「千萬不要遲到。」她提醒他。

「知道了。」他說。

方惠棗的哥哥方樹華和女朋友一起回來。晚上，他們一家在餐廳裡等李澄。

「他是畫漫畫的。」她告訴家人。

「是畫哪一種漫畫？」哥哥問。

「我帶了他的書來，你們看看。」

哥哥一邊看一邊說：「他畫得很好。」

「我好喜歡。」哥哥的女朋友惠芳說。

「雖然我不懂愛情，但我覺得他的畫功很好。」爸爸說。

「你看得懂嗎？」媽媽取笑爸爸。

「我去打個電話。」方惠棗去打電話給李澄。家裡的電話沒人接聽，也許他在途中。

那頓飯吃完了，李澄始終沒有出現。

在餐廳外面等車的時候，爸爸問她：「那個男人是不是對你不好？」

「不，他對我很好的。」她為他辯護，但是在這一刻，這種辯護似乎是無力的。

「那就好了。」爸爸說。

「可能他去錯了地方，他這個人很冒失的。」她說著一些連自己都不相信的話。

李澄漫無目的走在街上，他本來要去見阿棗的家人的，但是他忽然不想去。經過一家開在地下室的酒廊，他走了進去。

週末晚上人很多，他坐在櫃檯前面的一張高腳椅上，背對著遠處的鋼琴。琴師彈的歌無緣無故牽動他的心靈，他想起他正在寫的一個故事——一對相愛的男女總是無法好好相處。

鋼琴的位置離他很遠，琴師的臉被琴蓋擋著，他看不到他的面貌，只能聽到今夜他用十指彈奏出來的一份蒼涼。

十點半鐘了，現在去餐廳已經太遲。

回到家門外，掏出鑰匙開門的那一刻，李澄問自己，是什麼驅使他再次回來這裡？是愛情嗎？

他推開門，方惠棗坐在沙發上等他，她臉上掛著令他窘迫的神情。

「你為什麼不來？」

「我忘記了。」他坐下來脫鞋子。

「你不是忘記，你是不願意承諾。跟我的家人見面，代表一種承諾，對嗎？」

他沒有回答，他自己也不能解釋為什麼要逃避。

「也許有一天，你會忘記怎樣回來，你這個人，什麼都可以忘記。」她丟下他，飛奔到床上。

他想，對一個女人來說，愛情和承諾是不能分開的，她愛的是男人的承諾。

黃昏的時候，「雞蛋」餐廳裡，阿佑正站在一把梯子上掛上聖誕裝飾。

「要我幫忙嗎？」李澈站在他身後問他。

「阿澈，你來了嗎？是不是有事找我？」

「可以教我做生日蛋糕嗎？有一位朋友過幾天生日，我想親手做一個生日蛋糕送給他。」

「沒問題。」他從梯子上走下來說。

「那麼，明天來可以嗎？」

「明天打烊之後你來吧，沒有客人，我可以慢慢教你。」

「謝謝你。」

「你想做哪一種生日蛋糕？」

「拿破崙餅。」

「拿破崙餅？做這種餅比較複雜。」

「那位朋友喜歡吃，可以嗎？」

「沒問題，你明天來這裡，我教你。」他微笑說。

這天下班後，方惠棗到百貨公司找一個聖誕老人面具，明天在學校的聖誕聯歡會上，她要扮演聖誕老人。

百貨公司的一角放了幾棵聖誕樹，裝飾得好漂亮。這是她和李澄相戀後的第一個聖誕節，她本來盤算著買一棵聖誕樹放在家裡，但他們住的房子太小了，沒有一方可以用來放聖誕樹的空間；況且，這幾天以來，她和他在冷戰，她拒絕和他說話，他常常出去，好像是故意避開她，她不甘心首先和他說話，明明是他不對，沒理由要她讓步。

「阿棗！」

她猛地抬頭，看見李澈站在她身邊。

「你好嗎？買了些什麼？」李澈問。

「一個面具，你呢？」

「買了幾枝蠟燭。你有沒有時間？我們去喝杯咖啡好嗎？」

「嗯。」

「哥哥會不會在家裡等你？」喝咖啡的時候，李澈問她。

「他可能出去了，他這個人說不定的。」

「他從小到大都是這樣的，不愛受束縛。小時候幾乎每次都是我去找他回家吃飯。」

「是嗎？我很少聽他提起家裡。」

「他跟爸爸不太談得來。我也不了解他們，也許男人都是這樣的吧，什麼都放在心裡。爸爸是管弦樂團裡的大提琴手，常常要到外地表演，我們可以跟他見面的時間很少。媽媽就常抱怨爸爸讓她寂寞，我倒認為沒什麼好抱怨的，她當初喜歡他的時候，他已經是這樣的了。」

「有時候，我覺得你比你的年紀成熟。」

「當我愛上一個人的時候，我還是會很幼稚的。」

「最近有見過阿佑嗎？」

「我們明天有約會。」李澈甜絲絲地說。

方惠棗一個人回到家裡，李澄也剛剛從外面回來。兩個人對望了一眼，默默無言。

「你去買東西嗎？」李澄問。

「嗯。」

她看到他的頭髮上有些白色的油漆，問他：「你頭髮上為什麼有油漆？」

「是嗎？」他摸摸頭髮，說：「也許是走在街上的時候，從樓上滴下來的。」

她發現他右手的手指也有些白色油漆，指著他的手說：「你的手也有油漆。」

「哦，是嗎？」他沒有解釋。

「你買了些什麼？」他問。

「不關你的事。」

「到底是什麼？」他打開她的購物袋，看到一個聖誕老人面具。

「原來是個面具。」他把面具拿出來戴上，問她：「為什麼買這個面具？」

「我要在聯歡會上扮演聖誕老人。」

「你？你哪裡像聖誕老人？」

「沒有人願意扮聖誕老人，只好由我來扮。還給我！」

「不！」他避開。

「還給我！」

「不！」

「你是不是很討厭我？」她問。

「誰說的？」他拉開面具問她。

「你不覺得跟我在一起是一種束縛嗎？」

他把她抱入懷裡，什麼也沒說，他在學習接受束縛，它跟一個女人的愛情總是分不開的。

「雞蛋」打烊的時候，阿澈來了。

阿佑把餐廳的門鎖上，說：「我們到廚房去。」

「做拿破崙餅最重要是那一層酥皮。麵粉和牛油一起打好之後，要放在冰箱一天，把水分收乾。」阿佑從冰箱裡拿出一盤已經打好的酥皮漿，說：

「我昨天先做好了酥皮漿，其中一半你可以拿回去，你自己做不到的，打酥皮漿的過程很複雜，要反反覆覆打很多次。現在我們把酥皮漿放進烤爐裡，調溫到一百八十度火力，當它變成金黃色，就要將火力調低，那層酥皮吃起來才會鬆脆。」

阿佑把那盤酥皮漿放進烤爐裡。

「現在我們可以開始做那一層蛋糕。」他把一盤麵粉倒在桌子上。

李澈偷偷望著阿佑做蛋糕時的那種專注的神情，他說什麼，她已經聽不見了，只想享受和他共處的時刻。

今天晚上，報館有一位女編輯生日，幾個同事特地在迪斯可為她慶祝，李澄也是被邀請的其中一個人。

午夜十二點鐘，插滿蠟燭的生日蛋糕送上來，大夥兒一起唱生日歌。

李澄到電話間打了一通電話回家。

「我忘了告訴你，報館的編輯今天生日，我們在迪斯可裡替她慶祝。」

「我知道了。」方惠棗在電話那一頭說。

「我可能會晚一點回來。」

「嗯。」

「你先睡吧，不用等我。」

「知道了。」她輕鬆地說。她在學習給他自由，只要他心裡有她，在外面還會想起她，她就應該滿足。

他放下話筒，雖然只是打了一通電話，但他知道他正在一點點的改變，為了愛情的緣故。

阿佑把剛剛烤好的蛋糕從烤爐裡拿出來，用刀把蛋糕橫切成數份，然後把蛋糕鋪在一層已經烤成金黃色的酥皮上面，淋上奶油。
「你來試一下，一層一層的鋪上去。」
李澈小心翼翼在蛋糕上鋪上另外一層酥皮，然後淋上奶油。
「通常會鋪三層，你喜歡鋪多少層？」
「五層。」李澈豎起五根指頭。
「五層這麼高？」
「嗯。」
「好吧，你自己來。」
李澈把最後一層蛋糕也鋪了上去，阿佑把熱巧克力漿倒進一個漏斗形的袋裡。
「現在要寫上生日快樂和你朋友的名字，你朋友叫什麼名字？」
「寫上生日快樂就行了。」

「你來寫。」

「不行，我會把蛋糕塗花的。」

「這個蛋糕只是用來練習的。」

李澈拿著那個漏斗，把熱巧克力漿擠在蛋糕上，那些字母寫得歪歪斜斜的，每個字母都拖著一條長長的尾巴。

阿佑忍不住捉住她的手教她：「要輕一點。」

字寫好了，阿佑放開手說：「做好了。做的時候如果有些地方忘記了，再打電話問我。」

「嗯。」李澈從皮包裡掏出一支昨天在百貨公司買的煙花蠟燭出來，插在蛋糕上。

「有火柴嗎？」她問。

「幹嘛點蠟燭？」

「這是煙花蠟燭，我買了好幾支，想試一下效果好不好，麻煩你把燈關掉。」

阿佑只好把廚房的燈關掉。李澈用一根火柴把那支蠟燭點著，那支蠟燭一點著了，就像煙花一樣，嗶哩啪啦在黑暗中迸射出燦爛的火花。

「好漂亮！」李澈說。

「是的，真的好漂亮。」

「我們來唱生日歌好嗎？」

「唱生日歌？」阿佑奇怪。

「看到生日蛋糕，我就想唱生日歌，可以一起唱嗎？Happy birthday to you...」

「Happy birthday to you, Happy birthday to you, Happy birthday to you...」阿佑和她一起唱。

「謝謝。」李澈幸福地說。

「謝謝？」阿佑愕然。

「今天是我二十六歲生日。」

阿佑站在那裡，不知道說些什麼好，面前這個女孩子選擇用這種方式來度過自己的生日，其中的暗示已經很清楚。她是個好女孩，他覺得自己承受不起這份深情。

「生日快樂！」他衷心祝福她。

「謝謝你。」她望著他說。

「你為什麼不把蠟燭吹熄？」

「這種蠟燭是不能吹熄的，煙花燒盡，它就會熄滅。」

頃刻之間，煙花燒盡了，只餘幾星墜落在空中的火花，點綴著一段美麗荒涼的單戀。

「這是我過得最開心的一個生日。」李澈滿懷幸福地說。

這個時候，餐廳外面有人拍門。

「我去看看。」阿佑說。他心裡嘀咕，這麼晚了，還有誰會來。

他打開門，看見姚雪露坐在餐廳外面的石階上。她雙手支著膝蓋，托著頭，微笑著。一年多沒見了，她又瘦了一點，那雙長長的眼睛有點倦。

「我經過這裡，看到還有燈光。很久沒見了。」

姚雪露走進餐廳，看到廚房的門打開了。

「還有人沒走嗎？」

李澈從廚房裡走出來。

「是阿澈，你們見過的。」阿佑說。

「好像很久以前見過一次，她是李澄的妹妹，對嗎？」

「是的。」李澈說，「阿佑教我做蛋糕。」

「哦，有沒有打擾你們？」姚雪露問。

「蛋糕已經做好了。阿佑，你有沒有蛋糕盒，我想把蛋糕帶走。」

阿佑把那個拿破崙餅放進盒子裡。

「謝謝你，我走了。」李澈拿起皮包，抱著蛋糕走出去。

「要我陪你等車嗎？」阿佑送她出去。

「有計程車了，你回去陪她吧，再見。」李澈匆匆登上那輛計程車。

阿佑回到餐廳裡，姚雪露倒了一杯威士忌在喝。

「你要喝嗎？」她問。

「不。」

「我想吃蝸牛烘蛋捲。」

「我現在去做。」

她知道阿佑從來不會拒絕她。

凌晨時分，有人撳門鈴，李澄走去開門，李澈捧著蛋糕站在門外。

「要吃生日蛋糕嗎？今天是我生日。」

「噢，對，你是聖誕節之前生日的，我都忘了。」

「哥哥你一向都是這樣的。」

「我去拿刀。」

「阿棗呢？」

「她睡了。」

李澈把盒子打開，將蛋糕拿出來。

「是拿破崙餅，你最喜歡吃的。」李澄說。

「嗯。」

「要唱生日歌嗎？」李澄問。

「剛才唱過了。」李澈用刀切下兩片蛋糕。

李澄吃了一口，說：「很好吃。」

「是的，很好吃。」李澈一邊吃一邊說，這個蛋糕對她來說太特別了。

李澈切了一片蛋糕給李澄，說：「再吃多一點。」

「我吃不下了。」

「吃嘛！拿破崙餅是不能放到明天的，到了明天就不好吃。」

「為什麼要買這種只能放一天的餅？我和你兩個人是無法把這個餅吃光的。」

「我就是喜歡它只能放一夜，不能待到明天。哥哥，你愛阿棗嗎？」

「為什麼這樣問？」

「愛是要付出的，不要讓你愛的女人溺死在自己的眼淚裡。」

李澈望著面前這個她和阿佑一起做的生日蛋糕，她本來以為今天晚上只有她和阿佑，可是，他愛的女人突然回來，這也許是命運吧！離開餐廳，登上計程車的時候，她垂下頭沒有望他。當車子開走了，她才敢回頭。看到阿佑轉身走進餐廳的背影，她難過得差點就掉下眼淚。她不是愛上他對另一個女人的深情嗎？那就不應該哭，起碼，他和她，在做蛋糕和唱生日歌的時光裡，是沒有第三者的，片刻的歡愉，就像那幾星墜在空中的煙花，雖然那麼短暫，在她的記憶裡，卻是美麗恆久的。

平安夜的這一天，李澄一直待在書房裡畫畫，整天沒說過一句話，好像任何人也無法進入他的世界。

「你可以替我把這兩份稿送到報館嗎？」他把畫好的稿交給方惠棗。

「嗯，我現在就替你送去。」她立刻換過衣服替他送稿。

報館在九龍，本來應該坐地下鐵過去，但是為了在海上看燈飾，她選擇了坐渡輪。今年的燈飾很美，可惜是她一個人看。

到了碼頭，她在電話亭打了一通電話給李澄。

「聖誕快樂！」她跟他說。

「你不是去送稿了嗎？」

「已經在九龍這邊了，不過想提早跟你說一聲聖誕快樂。」

「回來再說吧。」

她有點兒失望，只好掛上電話。這是他們共度的第一個聖誕節，但是他好像一點也不在乎。她不了解他，他有時候熱情，有時候冷漠，也許，他不是不在乎，他正忙著趕稿，她應該體諒他。從前，她以為有了愛情就不會孤單，現在才知道即使愛上一個人，也還是會孤單的。

李澄用油彩在米白色的牆上畫上一棵聖誕樹。阿東曾經帶著遺憾說：「這裡放不下一棵聖誕樹。」他不會讓他愛的女人有遺憾。

方惠棗回來的時候，看到牆上那棵聖誕樹，她呆住了。

「誰說這裡放不下一棵聖誕樹？」李澄微笑說。

「原來你是故意把我支開的。」

她用手去觸摸那棵比她還要高的聖誕樹。

「比真的還要漂亮。」她說。

「只要你閉上眼睛，它就會變成真的。」

「胡說。」

「真的。」

「你又不會變魔術。」

「我就是會變魔術，你閉上眼睛。」

「你別胡說了。」

「快閉上眼睛。」他把她的眼睛合起來，吩咐她，「不要張開眼睛。」

「現在可以張開眼睛了。」他說。

聖誕樹沒有變成真的。放在她面前的，是她那本腳踏車畫冊上的那輛義大利製的腳踏車，整輛車是銀色的，把手和坐墊用淺棕色的皮革包裹著，把手前方有一個白色的籃子，籃子上用油漆畫上曼妮的側面，曼妮微微抬起頭淺笑。

「對不起，我失手了，本來想變一棵聖誕樹出來，怎知變了腳踏車。」

「你很壞！」她流著幸福的眼淚說。

「這個籃子是我特別裝上去的，這輛腳踏車現在是獨一無二的。來！坐上去看看。」他把她拉到腳踏車前面。

「我知道你的頭髮為什麼有油漆了。」她說，「你一直把腳踏車藏在哪裡？」

「樓上老先生和老太太家裡。」

「怪不得。」

「快坐上去看看。」

她騎到腳踏車上。

「很好看。」他讚歎。

她蹬著腳踏車在狹隘的房子裡繞了一圈。

「要不要到街上試試看？」他問。

她微笑點頭。

他坐在她身後，抱著她說：「出發！」

方惠棗載著李澄穿過燈光璀璨的街道，也穿過燈火闌珊的小巷。

「要不要交換？」他問。

「嗯。」她坐到後面。

「你愛我嗎？」她問。

「女孩子不能問男人這個問題。」
「為什麼不能問？」
「一問就輸了。」
「那麼你問我。」
「男人也不能問這個問題。」
「你怕輸嗎？」
「不是，只是男人問這個問題太軟弱了。」
「我不怕輸，你愛我嗎？」
「已經愛到危險的程度了。」
「危險到什麼程度？」
「正在一點一點的改變自己。」
她把一張臉枕在他的背上，他彷彿能夠承受她整個人的重量、她的幸福和她的將來。

他握著她的手，他從沒想過會為一個女人一點一點的改變自己。他載著她穿過繁華的大街與寂寞的小巷，無論再要走多遠，他會和她一起走。

篇三——愛情疲倦得睜不開眼睛

女人永遠不能明白男人追求自由的心，
即使他多麼愛一個女人，
天天對著她，還是會疲倦得睜不開眼睛，
看不到她的優點的。

這天午後，有人撳門鈴，方惠棗跑去開門，一個中年男人站在門外，男人的頭髮有點白，身上穿一件深藍色的呢大衣，看得出十分講究。

「請問李澄在不在？」

「你是——」

「我是他爸爸。」

她看看他的五官和神氣，倒是跟李澄很相似。

「你一定是阿澄的女朋友方小姐吧！是阿澈把這裡的地址告訴我的。」

「世伯，你請坐，阿澄出去了。」

「是嗎？」他有點兒失望。

「今天早上說是去踢足球，我看也差不多時候回來了。世伯你要喝些什麼？」

「有咖啡嗎？」

「只有即溶咖啡，我去泡一杯。」

「謝謝你。」

她把調好的即溶咖啡端出來。

「謝謝你。」

「這輛腳踏車好漂亮。」他童心未泯地騎在腳踏車上。

「嗯。」

「阿澄很喜歡踢足球的。」他說。

「是的。」

「我一點也不懂足球。小時候他常嚷著要我帶他去看球賽，但我經常不在香港。」

「世伯你去過很多地方嗎？」

「你說得出的地方我都去過了，我剛剛就從芬蘭回來。」

「芬蘭是不是很寒冷？」

「冷得幾乎失去做人的鬥志。我在洛凡尼米聖誕老人村跟聖誕老人拍了張照片。」他興致勃勃從口袋裡掏出一張照片給她看。

照片中，他和一個約莫二十來歲的中國籍女孩子親暱地站在聖誕老人的鹿車旁邊跟聖誕老人拍了一張照片，照片中的年輕女孩子肯定不是李澄的媽媽，看來倒像是他爸爸的女朋友。

「有機會你也去看看。」他說。

「這麼遙遠的地方，不知道這輩子會不會有機會去。」她笑說。

他看看手錶，說：「我要走了。」

「你不等他嗎？」

「我約了人。」他從口袋裡掏出一張門票來，說：「週末晚上有一場球賽，聽說很難買到門票，朋友特地讓出兩張給我，我想和阿澄一起去。我們兩父子從沒試過一起看球賽。他週末晚上有空嗎？」

「我看應該可以的。」

「那就麻煩你告訴他，開場前二十分鐘，我在球場外面等他。」

「我會告訴他的。」她接過他手上那張門票。

他走了不久，李澄就回來了。

「你爸爸剛剛來過。」

「他找我有什麼事？」他冷冷地問。

「他有週末那場球賽的門票，叫我交給你，他約你開場前二十分鐘在球場外面等。」

「他約我看球賽？」他不太相信。小時候，他常嚷著叫他帶他去看球賽，他總是叫他自己去，現在他竟然說要和他一起去看球賽；如果要補償些什麼，也都已經太遲。

「你會去嗎？」

「不去。」

「這是本年度最精采的一場球賽嗎？」

「是的。」

「那你為什麼不去？我看得出他很想你去，他今天等了你很久。」

「那他為什麼不等我回來？」

「他約了人。」

「那就是呀。」

「你不是很渴望他陪你看球賽的嗎？去吧。」她不知道他和他爸爸有什麼問題，但她看得出他們彼此都在意對方。

他搖頭。

「答應我吧，好嗎？」她抱著他的胳膊說。

他沒有再拒絕。

「那就算是答應了。」她笑說。

這一天，李澄去看球賽，臨行之前，方惠棗塞了一袋咖啡豆給他。

「這是什麼？」

「給你爸爸的，我昨天特地去買的。店裡的人說是最好的，不知道他喜不喜歡這種味道，那天家裡沒有好的咖啡招待他，不好意思嘛。就說是我送給他的，讓我拿點印象分。」她俏皮地說。

「快去！別要他等你。」她催促他快點出門。

今天很寒冷，李澄穿了一件短呢大衣，滿懷希望在球場外面等爸爸。他一直渴望接近爸爸，但是幾乎每一次都弄得很僵，他想，這一次或許不同。

球賽已經開始了，球場外面只剩下他一個人站在刺骨寒風中等他的爸爸。

他是不會來的了，他就是這樣一個人，總是在他的家人需要他的時候捨棄他們。李澄把那一包咖啡豆扔進垃圾桶裡。

回來的時候，李澄努力裝出一副若無其事的樣子。

「那場球賽精采嗎？」她問。

「嗯。」他坐下來掃掃烏德的頭。

「你們談了些什麼？」

「請你不要再管我的事！」他向她咆哮。

她一臉錯愕怔忡。

「他根本沒來！你為什麼要我去？你了解些什麼！」

「對不起——」

「你什麼時候才肯放棄佔有一個人？」他覺得他受夠了，她老是想改變他。

她沒話說，她還可以說什麼呢？她從來沒見過他這麼兇，她更從沒察覺自己在佔有他，她希望他快樂，但為什麼會變成他口中的佔有？

「我出去走走。」他低聲說，「烏德，我們走吧。」他害怕面對這種困局。

他帶著烏德出去，留下她一個人。

他漫無目的在街上走著，烏德默默地跟在他身後，他聽到一首似曾相識的歌，那是從地下室裡的鋼琴酒廊傳出來的。不久之前，他光顧過那裡一次，剛巧也是聽到琴師彈這首歌。

「烏德，你不能進去的，你在這裡等我。」他吩咐牠。

烏德乖乖地蹲在酒廊外面。

李澄獨個兒走下梯級，來到酒廊。今夜的人客很少，他隨便坐在鋼琴前面，那夜看不清楚琴師的容貌，今夜終於看清楚了，叫他錯愕的是，彈琴的人是周雅志。她就像那天他見到她在街上走過一樣，燙了一頭垂肩的曲髮，一襲黑色的長裙包裹著她那纖瘦的身體，開得高高的裙衩下面露出兩條像白瓷碗那樣白的美腿，眉梢眼角多了幾分滄桑，兀自沉醉在悲傷的調子裡。

她抬起頭來，發現了他，跟他一樣錯愕，旋即又低下頭，用十隻手指頭譜出那無奈的調子。彈完了那一曲，她站起來，走到他身邊，坐下來，說：「很久不見了。」

「你為什麼會在這裡上班？」

「錢用完了，要賺點錢過活。」她刻意省略了這其中的故事，淡淡的說。

「你為什麼一個人來？阿棗呢？」

「她在家裡。」

「你們結婚了？」

「還沒有。」

「是的，你也不像會結婚的人。」

她叫了一杯薄荷酒，說：

「我一直很奇怪你們會走在一起。」

他沒搭腔，他不知道她所謂奇怪是指哪一部分。

她呷著薄荷酒說：「有一種女人，一旦愛上一個男人，那個男人就是她的世界，她餘生唯一的盼望就是跟他相依為命，過著幸福的生活，彷彿這一切都是理所當然的，阿東就是這種女人，你卻是個害怕承諾的人。當一個女人太接近你，就會受到你的打擊。」

「你好像在解剖我。」

「因為我們是同類。」

他望著她，她離開他的時候，他著實傷心了一段日子，除了因為被她背叛了，也同時因為他失去了一個了解他而又願意放任他的女人。

「不過你好像有點改變了。」她說。

「嗯？」他微微怔了一下。

「你眼裡竟然有點溫馴，好像被一個女人照顧得很好似的，你從前不是這樣的。」

他尷尬地笑了一笑，對男人來說，溫馴不是一個好的形容詞，她讓他覺得他是一頭被人豢養的野獸，已經逐漸失去在野外求生的本能。

李澄從酒廊回來，看到方惠棗躺在床上，她蜷縮著身體，把頭埋在枕頭裡，他幾乎看不到她的臉。

她沒有睡著，只是這個時候，如果不閉上眼睛假裝睡覺，也就沒有別的好說。有時候，晚上難過，倒是希望真的會睡著，到了明天，又是新的一天，就可以放下一些倔強和固執，當作沒事發生一樣。

他躺在她身邊，一隻手輕輕抱住她的胳膊，是試探，也是投降。她沒有推開他，當他的手觸到她的胳膊時，她整個人好像掉進一鍋酸梅湯裡，好酸，酸裡面又有甜。她轉過身去，嗅到他呼吸裡的酒的氣味。

「你喝了酒嗎？」

他沒說話，只是抱得她更緊一些。

她把頭埋在他的胸膛裡，當女人知道男人為她而喝酒，心裡總是有點憐惜，也有點自責，也許還有一點自豪。

不下雨的日子，方惠棗會騎著她的腳踏車上班，穿過大街小巷，穿過早晨的微光與黃昏的夕陽。她騎著的，是她的愛情，就像小仙女騎著魔術掃帚一樣，彷彿是會飛上雲端的。

李澄的爸爸後來打過一通電話來，是李澄接的。

「對不起，那天我忘記了。」他說。

「不要緊，我那天也沒有去。」李澄說。

李澄又去過那家鋼琴酒廊兩次，周雅志會跟他聊天或者什麼也不說，兩個人想的事情也許不一樣，她想的是前塵往事，他想的是現在和將來。他一向喜歡聽她彈琴，她進步了很多，從指間悠悠流出來的感情是跟從前不同的，他不知道她經歷了些什麼，但是這一切都變成了神采；而他自己，近來好像枯乾了，那本長篇寫得好慢好慢，他真害怕太安穩的愛情和太安穩的生活會使他忘記了怎樣創作，正如她說，他變得溫馴了。

是的，他從來就沒試過愛一個女人愛得那麼久，從來不是他受不了對方，就是對方受不了他。

每次來這裡，他都是帶著烏德一起來的，牠會乖乖在外面等他，這樣的話，阿棗不會問他去了哪裡，她會以為他和烏德去散步。

他不會在酒廊裡逗留太久，阿棗會擔心他的，他不想她擔心。他是愛她的，然而，也只有愛，能夠將世界變成斗室，連空氣也變得稀薄。

今天是方惠棗的生日，上完最後一堂課，她匆匆趕回家。家裡的燈亮著，李澄出去了，她以為他想給她一點驚喜，他從來就是一個隨興之所至的人。天色已晚，他還沒有回來，他竟然忘記了她的生日，她曾經提醒過他的。

她騎著腳踏車到球場找他，他果然正在那裡跟大夥兒踢足球。

他看到了她，帶著溫暖的笑容跑到她跟前，問她：「你找我有事嗎？」

「今天是我的生日。」她說。

他這才猛然想起來，看到她生氣的樣子，他連忙說：「我們現在就去吃飯慶祝。」

「不用了。」她騎上腳踏車，拚命往前衝，不聽他解釋。她是愛他的，但他總是那麼不在乎。

「阿東！」他在後面追她。

她沒有停下來，她什麼也不要聽。他拚命追上去，用手拉著腳踏車的車尾，企圖使她停下來，誰知道這樣一拉，本來往前衝的她，突然失去了平衡，整個人和腳踏車一起滾在地上，翻了兩個跟斗，手掌和膝蓋都擦傷了。

他連忙扶起她，緊張地問：「你有沒有事？對不起，我不是有意的。」

「你看你做了些什麼！」她向他怒吼。

他看到她的裙子擦破了，膝蓋不停淌著鮮血，臉上露出痛苦的神情，他連忙從口袋裡掏出一條手絹替她抹去膝蓋上的鮮血。

「對不起。」他內疚地說。

「你看你做了些什麼！」她扶起地上的腳踏車，她說的不是她自己，而是他送給她的腳踏車。那輛腳踏車剛好跌在跑道旁邊的石礅上，後輪擋泥板給刮上了一道深深的疤痕，她連忙用裙子去擦那道疤痕，可惜已經沒用了。

「你痛不痛？」他關心的是她。

「你別理我！」她騎上腳踏車，愈走愈遠，把他丟在後面。

他無可奈何地望著她的背影消失在昏黃的燈下。

方惠棗脫下裙子，坐在浴缸邊緣洗傷口。這一襲白色的裙子是她新買的，特地在今天穿上，現在，裙子磨破了，不能再穿，她心痛裙子，心痛膝蓋，心痛那輛腳踏車，更心痛他心裡沒有她。

她努力替他找藉口，他從來就是這樣一個人，她不是不知道的。他忘記重要的日子，他好像什麼都不在乎，他好像活在自己的世界裡，那個世界是她不能進入的。他喜歡隨興之所至，她有時候根本不知道他心裡想什麼；但是，這些重要嗎？最重要是他愛她，她知道他是愛她的，否則像他這樣一個人，不可能跟她生活，他說過他正在一點一點的失去自己，單憑這一點，她就無法再怪責他。

她聽到李澄回來的聲音，聽到他的腳步聲，她已經心軟。

「痛不痛？」他走進浴室看她。

「如果說不痛，那是騙你的。」

「要緊嗎？」他蹲下來，看她膝蓋上的傷口。

他像個做了錯事的孩子，他不是有意傷害她的。她把手軟軟地支在他的肩膊上。

「生日快樂。」他跟她說，「我買了消毒葯水和紗布。」

「這就是我的生日禮物嗎？」她把一條腿擱在他的大腿上，讓他替她洗傷口。

「喜歡嗎？」

「喜歡得不得了。」她作勢要踢他。

他捉住她的腿，替她綁上紗布，抱起她的腳掌，抵住自己那張溫熱的臉。

「你還是危險程度地愛著我嗎？」她問他。

「嗯。」

這一天晚上，李澄獨個兒來到酒廊，周雅志正在全神貫注地彈琴。她看到了他，朝他看了一眼，然後又專注在黑白的琴鍵上。天地間還有一種灰色，她和李澄分開了又重逢。那個時候，她愛上另一個男人，她以為自己做對了，她和那個男人在歐洲好幾個國家生活了一年，最後一站，她帶他回去不來梅。一天晚上，她和他在廣場上散步，他在她耳邊輕聲說：「我愛你」，她突然全身起了雞皮疙瘩。如果他一直不說「我愛你」，她會以為自己是愛他的，可是他一旦說了，她才知道自己不愛他。第二天，她就撇下他，一個人回來香港。

她沒想過要回到李澄身邊，偏偏卻又碰到他，她故意省略了離別之後的故事，因為那是一個錯誤的背叛。再見到李澄，她比從前更懷念他，但他已經是別人的了。她是個挺愛面子的女人，她不會回頭，況且她沒把握他會回到她身邊，她看得出他改變了，如果不是深深地愛著一個女人，他不會改變得那麼厲害。

烏德來找李澄，方惠棗打開門讓牠進來，她蹲下來跟牠說：

「阿澄出去了，不如今天晚上我陪你散步。」

她帶著烏德到街上散步，烏德蹲在酒廊外面，怎樣也不肯再走。

「不要賴在這裡。」她拉牠走。

牠還是不願走，好像在守候一個人似的。

她一直沒留意她家附近有這麼一家鋼琴酒廊，在好奇心驅使下，她沿著梯級走下去，赫然看到李澄和周雅志，他們兩個坐在櫃檯的高腳椅上聊天，她有點不相信自己的眼睛，他晚上常帶烏德出去散步，原來是來這裡。

周雅志已經看到她了。

「阿棗，很久不見了。」她微笑說。

李澄看到了她，有點窘。

「我帶烏德出來散步，牠賴在外面不肯走，我覺得奇怪，所以進來看看。」她不想李澄誤會她跟蹤他。

「坐吧。」他讓她坐在他和周雅志中間。

「你要喝點什麼？我來請客。」周雅志說。

「白酒就好了。」她說。

「你爸爸媽媽好嗎？」周雅志問她。

「他們很好，謝謝你的關心。」

「阿棗有沒有告訴你，我中二那年曾經離家出走，她收留了我一個月？」周雅志跟李澄說。

「是嗎？」

「嗯。」方惠棗點頭。

「阿棗的爸爸媽媽很疼我呢，我幾乎捨不得走。那時幸虧有她收留我，要不然我可能要睡在公園裡。」

「那時候我好佩服你呢！」方惠棗說，「我從來不敢離家出走，我是個沒有膽量的人。」

「阿棗的爸爸每天早上都要我們起來去跑步，這個我可捱不住。」

「是的，我也捱不住。」

方惠棗笑著說。她想起她和周雅志曾經是那麼要好的，為什麼今天會變成這樣？

「我要失陪了。」周雅志回到鋼琴前面，重複彈著那一支又一支熟悉的老調。李澄已經是別人的了，只有她彈的歌還是她的。

回家的路上，李澄什麼也沒說，他不想解釋，解釋是愚蠢的，如果阿棗信任他，他根本不需要解釋。

她好想聽聽他的解釋，但她知道他沒這個打算，她要學習接受他是一個不喜歡解釋的人。

但她終究還是按捺不住問他：「你還喜歡她嗎？」

「別瘋了。」他說。他還是沒法改變她。

烏德走在他們中間，他們兩個卻愈走愈開。

方惠棗和幾位老師這天帶著學生到長洲露營，這批學生在露營之後就要離開學校了。

自從跟李澄一起之後，她從沒離開過他一天，這次要離開三天兩夜，是最長的一次別離，她心裡總是牽掛著他。

第二天晚上的活動是帶學生到沙灘上看星，在營地出發之前，她打了一通電話給李澄，他的聲音有點虛弱。
「你是不是不舒服？」她緊張地問他。
「胃有點痛。」
「有沒有吃藥？」
「不用擔心，我會照顧自己。你不是要出去嗎？」
「是的，去看星。」
「別讓學生們等你。」他倒過來哄她。
「嗯。」
天空沒有星，阿棗那一邊大概也看不到星。她離開了兩天，他反而覺得自由。女人永遠不能明白男人追求自由的心，即使他多麼愛一個女人，天天對著她，還是會疲倦得睜不開眼睛，看不到她的優點的。
這個時候有人揿門鈴，李澄起來開門，周雅志一隻手支著門框，另一隻手勾著皮包搭在肩上，斜斜地站在門外，有點微醉，大概是喝了酒。

「我剛剛在樓下經過，可以借你的浴室用嗎？」

「當然可以。」

「阿東呢？」

「她帶了學生去露營。浴室在那邊。」

周雅志走進浴室，洗臉盆的旁邊，放著兩把牙刷，兩個漱口杯，一個電動刮鬍刀，還有一瓶瓶排列整齊的護膚品，在在都是李澄和方惠東共同生活的痕跡，她忽然有點妒忌起他們來。

從浴室出來的時候，她問李澄：「我可以在這裡睡一會嗎？我很累。」她一邊說一邊脫下高跟鞋，在沙發上躺下來。

「沒問題。」

「可以把燈關掉嗎？燈亮著的話，我沒法睡。」

「哦。」他把廳裡的燈關掉，走進書房裡繼續工作。

她抱著胳膊，蜷縮在沙發上。今天晚上，她寂寞得發慌，不想一個人回家去，在這個漆黑而陌生的小天地裡，有腳踏車，有繪在牆上的聖誕樹，有人的味道，她竟然找到一種溫暖的感覺。她突然覺得她有權在寂寞的時候去找舊情人暫時照顧自己，這是女人的特權。

長洲的天空今夜沒有星，大家在沙灘上點起了火，圍著爐火跳舞。方惠棗看看手錶，現在回去還來得及，她打聽了最後一班從香港開往長洲的渡輪的時間，跟同事交代了幾句，說家裡有點急事，得立刻回去看看，並答應今天晚上無論如何會趕回來。昨天離家的時候，她把家裡的胃藥帶走了，卻沒想到需要藥的是李澄，他是個不會照顧自己的人，寧願捱痛也不會去買藥，她急著把藥帶回去給他，她要回去看看他。

渡輪上的乘客很少，蒼白的燈光下，各有各的心事，不知不覺，她和李澄已經一起兩年零七個月了，他在夜校門外的石榴樹下扳著枯枝椏等她的那一幕，彷彿還是昨天。離開史明生之後，她曾經以為她這一輩子不會遇到一個更好的男人，史明生跟她分手時不是說過人生有很多可能嗎？遇上李澄，正是人生最美麗的一種可能。

渡輪泊岸，她匆匆趕回家。客廳裡一片漆黑，她扳下燈掣，看到一個長髮的女人蜷縮在沙發上，面對著沙發的拱背睡著。

李澄聽到開門的聲音，從書房走出來。

「你為什麼會回來？」他問她。

周雅志被吵醒，轉過身來睜開眼睛，看到方惠棗。

「阿棗！」她坐起身來，一邊穿上高跟鞋一邊向她解釋，「剛才上來借你們的浴室用，因為太累，所以在這裡睡著了。」

她站起來，拿起皮包跟他們說：「再見。」

周雅志走了，方惠棗和李澄面對面站著，她想聽他的解釋，但他什麼也沒說，她從皮包裡掏出那一包胃藥，放在桌上，說：「我帶了胃藥回來給你。」

「已經好多了。」他說。

「我要趕搭最後一班渡輪回去。」她轉身就走。

在計程車上，她不停為他找藉口。如果他們兩個有做過些什麼事，不可能一個躺在沙發上，一個在書房裡，也許周雅志說的是實話，但這一次已經是她第二次碰到他們兩個單獨一起了。周雅志對他餘情未了，那麼他呢？

李澄看了看桌上那一包胃藥，匆匆追出去。

車子到了碼頭，最後一班渡輪要開出了，方惠棗飛奔進碼頭，水手剛好要拉上跳板，看見了她，又放下跳板讓她上船。

渡輪上的乘客很少，在蒼白的燈光下，各有各的心事，方惠棗哭了，她曾經以為她把兩年零七個月的時光都擲在最美好的所在，他卻傷了她的心。

李澄趕到碼頭，碼頭的大門已經關上，最後一班渡輪剛剛開走。他頹然倚在碼頭旁邊的欄杆上。他不會告訴她，他曾經來過碼頭。如果愛情是一場追逐，他實在有點吃力了。

渡輪離開長洲碼頭，露營結束了，學生們都捨不得走，方惠棗卻不知道應不應該回家。她可以裝作若無其事的樣子嗎？她害怕自己辦不到。

她還是回來了，李澄正在和烏德玩耍。

「你回來啦？」

「嗯。」

烏德向著她搖尾巴。

「你吃了飯沒有？」他問。

她突然對他這副好像沒事發生過的神情好失望。

「你沒有話要跟我說嗎？」她問。

他望了望她，又低下頭來掃掃烏德身上的毛，似乎不打算說些什麼。

「你是不是又和她來往了？」

他還是沒有望她，只望著烏德。

「你為什麼不望我？你是不是很討厭我？」

「你的要求已經超過我所能夠付出的。」他冷漠地說。

她深深受到打擊，反過來問他：

「難道我沒有付出嗎？你好自私。」

「為什麼你不能夠無條件地愛一個人？」他抬頭問她。

「你說得對，愛是有條件的，起碼你要讓我接近你。現在我連接近你都不可以，有時候我不知道你心裡頭想些什麼。」

「如果我們從沒開始，也許還有無限的可能，但是開始了，才知道沒可能。」他沮喪地說。

「你是不是想我走？」她顫抖著問他。因為害怕他首先開口，所以她首先開口。

他沒有答她。

「那好吧。」她拿出一個皮箱，把自己的東西通通扔進去。烏德站在她腳邊，用頭抵住她的腳背，彷彿是想她留下來，她把腳移開，她需要的不是牠的挽留，而是屋裡那個男人，但是他連一句話都不肯說。

「其他東西我改天來拿。」她提著皮箱走出去。烏德追了出去，又獨個兒回來。

她走了，他痛恨自己的自私，但他無法為她改變。

周雅志正在浴室裡洗澡，有人撳門鈴，她跑出去看看是誰，方惠棗站在門外。

「我以前曾經收留你，你現在可以收留我嗎？」

她打開門讓她進來。

「你跟李澄吵架了？」

方惠棗把行李箱放下，回答說：「是的。」

這所房子面積很小，陳設也很簡陋，只有一張單人床。

「你跟李澄吵架，為什麼會跑來我這裡？」

「因為我沒有別的地方可以去，而且，我來這裡可以監視你。」

「監視我？」

「看看你有沒有去找他。」

周雅志不禁笑了起來，說：「你跟李澄一起太久了，竟也學了他的怪脾氣，隨你喜歡吧，反正我這幾天放假，不過我的床太小了，兩個人睡在一起會很擠迫。」

「我睡在這裡。」她打開行李箱，拿出一個睡袋鋪在地板上。

「晚安。」她鑽進睡袋裡。

夜深了，兩個人都還沒睡著。

「我們以前為什麼會那麼談得來？」方惠棗問周雅志。

「因為我們沒有先後愛上同一個男人。」

「是你首先放棄他的。」

「我現在也沒要回他。」

第二天，方惠棗很早就起來，她根本沒怎麼睡過。她坐在地上看書，看的是她臨走時帶在身邊的李澄的漫畫集。

到了下午，周雅志還沒起床，方惠棗走到她床邊，發現她的臉色很蒼白，身體不停在發抖。

「你沒事吧？」她摸摸她的額頭，她的額頭很燙。

「你在發熱，你家裡有退燒藥嗎？」

周雅志搖頭。

「我出去買，你的鑰匙放在哪裡？」

「掛在門後面。」

方惠棗到街上買了一排退燒藥，又到菜市場買了一小包白米、一塊瘦豬肉和兩個皮蛋。

她餵周雅志吃了藥，替她蓋好被子，又用毛巾替她抹去臉上的汗。

「你不用上班嗎？」周雅志問她。

「學校已經開始放暑假。」

「哦，是嗎？」她昏昏沉沉地睡著了，直到晚上才起來。

「你好了點沒有？」

「好多了，謝謝你。」

「很香，是什麼東西？」

「我熬了粥，你不舒服，吃粥比較好。」方惠棗用勺子舀了一碗粥給周雅志。

周雅志坐下來吃粥，她整天沒吃過東西，所以胃口特別好。

「這碗粥很好吃。」周雅志說。

「謝謝你。」

「你為什麼對我這樣好？」

「因為你生病。」

「你很會照顧別人。」

「這是缺點，他就覺得我令他失去自由。」

「阿澄是個長不大的男人，跟這種男人一起是不會有你追尋的那種結果的。」

「我追尋的是哪一種？」她愣了一下。

「就是跟一個男人戀愛，然後和他結婚生孩子。我真的無法想像阿澄會做爸爸！」她忍不住笑起來。

「你們曾經討論過結婚嗎？」她心裡有點妒忌。

「我們一起的時候，從沒提過『結婚』這兩個字。」

「那個男人呢？你跟他分手了嗎？」

「嗯。」

「為什麼？」

「因為他跟我說了『我愛你』。」

「那有什麼問題？」

「我全身起了雞皮疙瘩。原來我是不愛他的。這三個字本來應該很動人，想不到竟是一個測驗。」

「我們一生又能聽到多少次『我愛你』？」

「的確不多。」她的頭有點痛，用手支著頭。

「你去休息一下吧，讓我來洗碗。」

「你用不著對我這麼好。」

「或者我想感動你。」她苦笑了一下說。

「感動我？」

「希望你不會把阿澄搶回去。」

「你知道我可是鐵石心腸的。」

「我知道。」

「你太小覷我了，是我不要他的，我為什麼又要把他搶回來？」

「你也太小覷阿澄了。他是很好的，如果有來生，我還是希望跟他一起。」

午夜裡，周雅志聽到一陣陣低聲的啜泣，她走到方惠棗身邊，蹲下來問她：「你沒事吧？」

「我不知道我為什麼會在這裡，為什麼愛會變成這樣？我很想念他。」她在睡袋裡飲泣。

「既然想念他，那就回去吧。」

「我根本不懂用他的方法去愛他。」

到了第五天晚上，周雅志換過衣服準備上班。

「你去哪裡？」方惠棗問她。

「我去上班，我這份工作是沒有暑假的，你是不是也要跟我一起去，監視著我？」

「我在這裡等你回來好了。」

「你有見過我那個黑色的髮夾嗎？」周雅志翻開被子找那個髮夾。

這個時候，有人撳門鈴，周雅志走去開門，她好像早就知道是誰。

「你來了就好。」她打開門讓李澄進來。

方惠棗看到是李澄，既是甜也是苦；甜是因為他來接她，苦是因為他未免來得太晚了，她天天在想念他。

「請你快點帶她走，我不習慣跟別人一起住。」周雅志跟李澄說。

「你不收留我，我可以去別的地方。」方惠棗蹲在地上把睡袋摺疊起來。

「讓我來。」李澄接過她手上的行李箱。

「不用了。」

「快走！快走！我受不了你天天半夜在哭。」周雅志說。

她知道周雅志是故意說給李澄聽的。

臨走的時候，她回頭跟周雅志說：「你的髮夾在浴室裡。」

「好了，我知道了，再見。」周雅志把門關上。她想，她一定是瘋了。她仍然是愛著李澄的，但是她竟然通知李澄來這裡帶方惠棗走，她被方惠棗感動了嗎？不，當然不是，她這樣做是為了自己，她要證明自己已經不愛李澄。

方惠棗拿著行李箱走在前頭，李澄走上去把她手上的行李箱搶過來，拉著她的手。

「對不起。」她跟他說。

「為什麼要說對不起？」

「我太任性了。」

「任性的是我。」

她深深地看了他一眼，她已經五天沒見過他了。

「你愛我嗎？」她問。

「不是說過女人不要問這個問題嗎？」

「我認輸了，我想知道。」

「不是說過已經到了危險程度嗎？」

「我想知道現在危險到什麼程度？」

「已經無法一個人過日子。」

她用雙手托著他的臉，深深地吻了他一下，說：「我也是。」

只是，愛情把兩個人放在一起，讓他們愛得那麼深，不過是把生活的矛盾暫時拖延著。

這一年的冬天好像來得特別早，才十二月初，已經很寒冷。這一天，方惠棗下班後騎著腳踏車回家，風大了，她就騎得特別吃力。經過公園的時候，她剛好遇到住在樓上那位老太太，老太太一個人從公園走出來。

方惠棗跟她點點頭。

「方小姐，剛剛下班嗎？」老太太和藹地說。她一向也很嚴肅古怪，這些年來，方惠棗都不太敢和她說話，但是老太太今天的興致好像特別好，臉上還露出往常難得一見的笑容。

「你這輛腳踏車很漂亮。」老太太說。

「謝謝你。」

「可以讓我試試嗎？」

方惠棗微微怔了一下，老太太這把年紀，還能騎腳踏車嗎？但是看到老太太興致勃勃的樣子，她也不好意思說不。

「好的。」她走下車。

老太太顫巍巍地騎上腳踏車，方惠棗連忙扶著腳踏車，但是老太太一旦坐穩了，就矯健地蹬了兩個圈，臉上露出一副俏皮的神情。

「好厲害！」方惠棗為她鼓掌。

老太太從腳踏車上走下來說：「我年輕的時候常常騎腳踏車。」

「怪不得你的身手這樣好。」

「你和阿澄很登對。」老太太說。

「其實我們很多地方都不相似。」

「愛一個跟自己相似的人不算偉大，愛一個跟自己不相似的人，才是偉大。」老太太說。

那天深夜，她和李澄在睡夢中聽到一陣陣救護車的警號聲，持續了好幾分鐘。

第二天晚上，她和李澄從外面回來，在大廈大堂碰到老先生一個人，他的樣子十分憔悴。

「老太太呢？」她問。

「她昨天晚上去了。」老先生難過地說，「是哮喘，老毛病來的。救護車把她送去醫院，醫生搶救了十多分鐘，還是救不回來。」

夜裡，方惠棗無法入睡。

「她昨天還是好端端的，雖然跟平常的她不同，但是很可愛——」

「也許她自己也有預感吧。」

「如果有那麼一天，你希望我和你兩個人，哪一個先走一步？」

「不是由我和你來決定的。」

「我希望你比我早死——」

「為什麼？你很討厭我嗎？」

「脾氣古怪的那一個早死，會比較幸福。老太太比老先生早死是幸福的，因為老先生什麼都遷就她，如果老先生先死，剩下她一個人，她就很可憐了。」

「說得也是，那麼我一定要死得比你早。」李澄說。

「當然了，你這麼古怪，如果我死了，剩下你一個人，你會很苦的。」她深深地看著他，她是捨不得他死的，但更捨不得丟下他一個人在世上。

這天黃昏，方惠棗在家裡接到爸爸打來的電話。

「阿東，我就在樓下的茶室，你能下來一下嗎？」爸爸在電話那一頭說。

「我現在就來。」

她匆匆來到茶室，爸爸正在那裡等她。

「爸爸，是不是有什麼事？」

「我在附近經過，所以來看看你。」

「對不起，我很久沒有回去看你和媽媽了。」她內疚地說。

「我們很好，不用擔心。我們的移民申請已經批准了，遲些就過去加拿大，你真的不打算跟我們一起去嗎？」

「我喜歡這裡。」

「我每天也有看他的漫畫。」

「喔？」她有點兒驚訝。

「看他的漫畫，可以知道你們的生活。」爸爸笑說。

「爸爸——」

「我很開心你可以找到自己喜歡的人，而且我知道他是忠實的。」

「爸爸，你怎麼知道他是忠實的？」她笑了起來。

「看他的漫畫就知道，他的心地很善良。好了，我要回去了，你媽媽等我吃飯。」

「我送你去車站。」

方惠棗陪著爸爸在公共汽車站等車，這天很寒冷，她知道爸爸是專程來看她的。車站的風很大，她把身上那條棗紅色的羊毛圍巾除下來，掛在爸爸的脖子上。

「不用了。」爸爸說。

「不，這裡風大。」她用圍巾把爸爸的脖子捲起來，這一刻，她才發現爸爸老了，他有一半的頭髮已經花白，本來就是小個子的他，現在彷彿更縮小了一點。歲月往往把人的身體變小，又把遺憾變大。離家那麼久，爸爸已經老了，她覺得自己很不孝。

「爸爸，對不起——」她哽咽。

「活得好就是對父母最好的回報。」爸爸拍拍她的肩膀說。

「車來了。」爸爸說。

「爸爸，小心。」

她目送爸爸上車，爸爸在車廂裡跟她揮手道別。

車開走了，她呆呆站在那裡。

「你站在這裡幹什麼？」李澄忽然站在她身後，嚇了她一跳。

「爸爸來看我，我剛剛送他上車。」

他看到她眼睛紅紅的，問她：「你沒事吧？」

「我覺得自己很對不起爸爸，是不是天下間的女兒都是這樣的？永遠把最好的留給愛情。」

「大概是吧。」

「他們要移民去加拿大跟我哥哥一起生活。」

「是嗎？」

「這麼多年來，你從沒跟我的家人見面。」不知道為什麼，她覺得她應該抱怨。

「你知道我害怕這種場面的。」他拉著她的手。

「你不是害怕這種場面，你是害怕承諾。」她甩開他，一個人跑過馬路。

他茫然站在路上，也許她說得對，他害怕在她父母面前保證自己會讓他們的女兒幸福，這是一個沉重的擔子，他是擔不起的。這天黃昏，他撇下球場上的朋友跑回來，是因為天氣這麼冷，他想起她，覺得自己應該回來陪她，她的抱怨卻使他覺得自己的努力是徒然的。

今天很冷，餐廳裡坐著幾個客人，阿佑在喝葡萄酒，肚裡有一點酒，身體和暖得多，他已經很久沒見過姚雪露了，也許，她終於找到了幸福，不會再回來。

李澈推門進來，她穿著一件呢大衣，頭上戴著一頂酒紅色呢帽。

「外面很冷。」她脫下帽子坐下來說。

「要不要喝點葡萄酒？喝了酒，身體會暖一些。」

「嗯，一點點就好了，我還要K書。」

「K書？」

「我明天就要到英國參加第二輪的專業考試，還會留在那邊的醫院裡跟一些有經驗的醫生學習一段時間。今天溫書溫得很悶，所以出來走走。」其實她想在離開香港之前見見他。

「有信心嗎？」

「嗯。我已經習慣了考試。」

「你吃了東西沒有？」

「還沒有。」

「你等我一下。」

阿佑弄了一客烘蛋捲出來給她。

「是蝸牛烘蛋捲嗎？」她問。
「是牛腦烘蛋捲，可以補腦的。」
「真的嗎？那麼我要多吃一點。」
她把那一客牛腦烘蛋捲吃光，吃的是他的心意。
「祝你考試成功。」他說。
「謝謝你。」她凝望著他，他的一聲鼓勵好像比一切更有力量。
「我要回去了。」她站起來告辭。
他送她到門外。
「再見。」她依依不捨地說。
「再見。」
他回到餐廳，發現李澈把帽子遺留在椅子上，他連忙拿起帽子追出去。
「阿澈！」

「什麼事？」她在寒風中回頭。

他走上來，把帽子交給她。

「謝謝你。」她戴上帽子，鼓起勇氣問他，「我回來的時候，你還會在這裡嗎？」

「當然會在這裡。如果你考試成功的話，想要什麼禮物也可以。」

「真的？」

「嗯。」

「我想你陪我一晚。」

他點頭。她站在他跟前，燦爛地笑。她第一次感覺到他是有一點點兒喜歡她的，那是因為他們將要別離的緣故嗎？

晨光熹微，方惠棗已經換好衣服準備上班，李澄還在睡覺，她走到床邊，俯身告訴他：「我要上班了。」

他張開眼睛對她微笑。

「對不起。」她說，「我昨天不應該對你發脾氣。」

「沒關係——」

她把上衣脫下來，鑽進被窩裡，用胸脯抵著他的胸膛。

「你不是說要上班嗎？」

「我想你抱我——」

「這是你道歉的方式嗎？」他笑說。

「嗯。」

「這一種道歉方式很厲害！」他抱著她說。

「你愛我嗎？」

「嗯。」

「還是危險程度的愛嗎？」

「嗯，現在連呼吸都有困難。」

她用乳房抵著他的臉說：「我就是不讓你呼吸！」

「我愛你。」他抱著她，吻在她的眼睛上。

「你在漫畫裡不是曾經說過不要相信男人在床上說的話嗎？」她張開眼睛說，「但我為什麼竟然相信你在說真話？」

「阿澄——」她凝望著他。

「嗯？」

「我們結婚好嗎？」

聽到「結婚」兩個字，他心裡突然感到害怕。

「我害怕你會死——」她紅著眼睛說。

「別傻，我好端端的怎會死？」

「你不想娶我嗎？」她在他眼裡看到了猶豫。他剛才還說愛她，現在卻猶豫起來。

他把頭埋在她的胸懷裡，用沉默來代替答案，他是愛她的，所以他不想說謊。

下班之後，方惠棗到菜市場買了一些菜和肉回家。李澄不在家裡，也沒留下片言隻字，她知道他在逃避她。她想和他廝守終生，這有什麼錯呢？他不願意，是因為他雖然愛她，卻還沒有愛到願意和她結婚的那個程度，她覺得難受，她被自己最愛的人拒絕了。

菜洗好了，肉也洗好了，她坐在家裡孤單地等他回來。

夜裡，她躺在床上，無法睡著。他回來了，她連忙閉上眼睛，假裝已經睡著。李澄走進睡房，看到她已經睡著了，心裡竟然鬆了一口氣。他躺在床上，呆望著天花板，不知道自己為什麼那麼恐懼。

她睜開眼睛，凝望著同一片天空，這張床一點也不大，但今天晚上，她和他之間，卻相隔了一條河流。他為什麼要逃避她？她恨他，也恨自己。

「我在你心中並不是最重要的，對嗎？」她問。

他不知如何回答這個問題，只好假裝已經睡著。

她轉身背著他，望著窗外那個空洞的月亮。也許，她愛他也是已經愛到危險的程度了，所以她恨他不肯為她承諾。

黃昏的時候，李澄在鋼琴酒吧裡喝酒，他愈來愈害怕回家。

「為什麼這麼早？」剛剛上班的周雅志在他身邊坐下來。她看得出他滿懷心事。

「女人為什麼總愛佔有男人？」他問。

「因為她愛他。」

「喔——」

「男人又何嘗不愛佔有女人？兩者的分別只是女人用愛佔有男人，男人用佔有來愛女人，到了後來，大家都分不出到底是愛還是佔有。這是你在漫畫裡說的，你忘了嗎？」

「我真的忘了。」

「對，我忘了你向來是個善忘的人。」她搖晃著杯裡的酒說：「今天是我最後一天在這裡上班。」

「你要去哪裡？」

「我有朋友在倫敦開了一家古董店，問我有沒有興趣在店裡工作，我答應了。」

「古董店？」

「對，賣舊東西。」

「你是什麼時候開始愛上舊東西的？」他奇怪。

「也許是從舊男朋友開始吧。」她望著杯裡的酒說。

這是她最赤裸的一次表白了，她彷彿看到自己那隻拿著酒杯的手在微微顫抖。

她話裡的意思，他聽得很明白。他是愛過她的，她曾經是夜裡一闋溫柔的老調，在他心裡游過，只是，他的心現在被另一首歌佔據著，那首歌，唱著永恆。

他舉起酒杯跟她說：「祝你順風。」

「謝謝你。」她把憂傷喝下去。

深夜，李澄回到家裡，方惠棗坐在牆上那棵聖誕樹下面讀他以前送給她的那幾本漫畫集，近來她常常這樣重讀他的書，好像在提醒他，他們曾經有過多麼美好的回憶，她寧願沉醉在過去。

「符仲永要到美國留學，他想臨走之前請我們吃飯，這個週末晚上你有空嗎？」她問。

「你自己去吧。」

「他很想你去——」

「我討厭這種別離的場面，我沒有什麼話說的。」忽然之間，他覺得每一個人都好像要從他生命中消失。

「那好吧。」她低下頭，繼續看她的書。

週末晚上，方惠棗一個人來到「雞蛋」，阿佑正在吃晚飯。

「你的學生還沒來。」

「我早到了。」她在他身邊坐下來。

「阿澄不來嗎？」

「他說他討厭這種別離的場面。」

「男人為什麼害怕對一個女人承諾？」她問阿佑。

「因為他愛她——」

「既然他愛她，為什麼不願意承諾？」

「他害怕自己答應了又做不到，那會讓她傷心。」

「是嗎？」

「也許男人真的害怕，害怕女人不是愛他，而是愛他的承諾。」

「方老師——」這個時候，符仲永來了。

「我們到那邊坐。」她跟符仲永坐到角落裡。

這兩年，她沒有教他那一班，現在仔細再看看他，他已經長大了很多，他的個子很高，人也俊美了。

「李澄不來嗎？」

「他今天晚上有點事情要辦。」

「哦。」他有點兒失望。

「什麼時候走？」

「明天。」

「這麼快？你要努力讀書啊！」

「知道了！我回來的時候，方老師你會不會已經和李澄結了婚？」

「為什麼這樣問？」

「我覺得他很愛老師，會和老師你結婚。」

「你記不記得你唸中一時，我在課室裡跟你說過什麼話？」符仲永想不起來。「我說你長大了也只會說些讓人傷心的話。我果然沒說錯。」她唏噓地說。

阿佑拿來一籃子熱烘烘的麵包，說：「先吃些麵包吧。」

這個時候，姚雪露推門進來。「阿佑！」她不由分說撲到他懷裡。她一定是在外面受了苦，想起了他，又回來他身邊。她知道他永遠不會拒絕她。

「符仲永託我跟你說再見。」回到家裡，她告訴李澄。

「嗯。」

「我剛才見到姚雪露，她到餐廳找阿佑。」

「她每次失戀都會回到阿佑身邊，她知道阿佑永遠等她。」

「結不結婚不重要，我不是為了你的承諾而跟你一起。」為了愛，她妥協了。

他沉默無語，他知道她在扭曲自己來愛他，他承受不起這個重擔。如果可以，他希望他們都不必為對方改變。

「早點睡吧，我還要畫畫，不要等我。」

她孤單地回到床上。她不明白，愛為什麼會變成這樣，他為什麼會變得那麼冷漠。

這天傍晚李澄在書房裡畫畫，他已經躲在裡面兩天了。方惠棗在廚房裡做飯，門鈴忽然響起來，她跑去開門，阿佑和姚雪露手牽手站在門外，阿佑手上拿著大包小包的。

「你們吃了飯沒有？」阿佑問。

「我正在做飯──」

「那就好了，我來做飯。我買了很多材料，可以做蝸牛烘蛋捲。」

「真的嗎？太好了。」方惠棗帶阿佑到廚房。

姚雪露指著牆上的聖誕樹，問李澄：「是你畫的嗎？」

「除了我還會有誰？」

「好漂亮！」

這棵樹是他為阿棗畫的。年深日久，已經變成普通的裝飾品，就像愛情變成習慣一樣。他覺得有點對不起她。方惠棗在廚房幫阿佑做飯。

「對不起，打擾你們。」

「沒關係，你們來了反而好，這裡熱鬧了許多。」她感觸地說。

「雪露嚷著要來探望你們——」

「有茶嗎？」姚雪露走進廚房問。

「我拿給你。」方惠棗說。

「謝謝你——」

「我們有沒有打擾你們？」

「當然沒有，我不知多麼想吃阿佑做的蝸牛烘蛋捲。」

「嗯，我也是。他專注做蝸牛烘蛋捲時的樣子最性感。」

阿佑給她弄得有點尷尬，只好陪著笑。

方惠棗想起李澈。

吃飯的時候，姚雪露喜孜孜地宣佈：「我們要結婚了！」

「是嗎？」李澄望著阿佑。

阿佑愉快地點點頭。

「恭喜你們！」李澄向他們道賀。

「能夠跟自己愛的人永遠生活在一起，是最幸福的。」姚雪露依偎著阿佑說。

「嗯。」方惠棗滿懷感觸，難過得說不出話來。

「阿棗，你明天有空嗎？」姚雪露問。

「什麼事？」

「你陪我們一起去買結婚戒指好嗎？我想有多一個人給點意見。」

「唔——」她覺得這個邀請實在有點殘忍。

阿佑看出方惠棗的心事，連忙說：「阿棗要上班的。」

「明天我們一起去買戒指吧，我和阿棗也正準備結婚。」李澄握著方惠棗的手說。

方惠棗望著他，微微發怔。

「真的嗎？那太好了！」姚雪露說。

「恭喜你們！為什麼不早點說？」阿佑說。

「本來打算這兩天告訴你的。」李澄說。

「那麼明天黃昏五點鐘，我們在『蒂芬尼珠寶店』旁邊那家咖啡店裡等。」姚雪露說。

送走了阿佑和姚雪露，方惠棗問李澄：「你是真的想和我結婚嗎？」

「嗯。」

「你用不著這樣做——」她害怕他不是真的想結婚，他只是在妥協。
「難道你不願意嫁給我嗎？」他溫柔地托著她的臉，問她。
「我不想你後悔——」
「我不是已經到了危險的程度嗎？」
「危險到什麼程度？」
「危險到想和你長相廝守。是不是太危險？」
「是我還是你？」她含笑問。
第二天黃昏，方惠棗正要離開學校的時候，校工告訴她，有人來找她。她以為是李澄來找她一起去珠寶店，在校務處等她的，卻是李澈。
「我合格了！」李澈興奮地告訴她。
「恭喜你！你什麼時候回來的？」
「昨天。我想去找阿佑，經過這裡先來找你。」她在皮包裡掏出兩份包裝得很精緻的禮物出來，說：「在英國買的圍巾，送給你和哥哥的。你今天打扮得很漂亮。」李澈稱讚她，「是不是有什麼特別的事情？」

方惠棗不知道怎樣把阿佑結婚的消息告訴她。

「什麼事？」李澈覺得是和她有關的。

「阿佑準備和姚小姐結婚，他們今天去買戒指。」

「是嗎？」她深深受到打擊。「謝謝你告訴我，我有點事情要辦，我先走了。」她說。

「你沒事吧？」

「沒事，再見。」她鎮定地說。

「再見。」看著李澈離開，她覺得自己太殘忍了，她竟然把這個消息告訴她，但她不想李澈要從阿佑口裡知道，那樣她會更難受。

夕陽的餘暉灑在「蒂芬尼珠寶店」旁邊這家咖啡店。方惠棗來到的時候，阿佑一個人在店裡呷著咖啡。「姚小姐還沒來嗎？」

「她上午去買東西，我們約好在這裡等。」

方惠棗看看手錶說：「時間還早呢，我們早到了。」

夕陽冉冉西下，還是只有他們兩個人在等待另外兩個人。

「阿澄這個人老是喜歡遲到。」她微笑說。

「雪露也是，她很少準時的。」阿佑笑著說。

傍晚七點鐘，「蒂芬尼珠寶店」已經關門，他們不能再騙自己。

「雪露是不會來的了。」阿佑說。他已經習慣了她常常離開他，只是，這一次，他傷得最重。

方惠棗望著街外，她還是竭力讓自己相信李澄是會來的，他是愛她的。

晚上九點鐘了，騙自己也是有一個期限的。她知道他是不會來的了。

「我去打電話給李澄，他這個冒失鬼，可能還在家裡睡覺。」阿佑站起來說。

「阿佑，不用了，他要來自然會來。」確定了他不會來，她反而平靜了許多。

阿佑坐下來，他們又這樣等了一段漫長的時間。

「我和你是注定等待的，她和他是注定失約的。」阿佑苦笑著說。

「是的，我和你是注定等待的。」她曾經以為，傷心是會流很多眼淚的；原來真正的傷心，是流不出一滴眼淚。她愛他已經到了絕望的程度，現在她覺得很平靜。

「我們走吧。」她跟阿佑說，「我還要去機場送機，我爸爸媽媽今天去加拿大。」

「要不要我陪你去？」

「不用了，謝謝你。他們想見的人不是你。」

方惠棗趕到機場送行，她原本以為她會和李澄一起來，現在只有她一個人，彷彿他從來沒有在她生命裡出現過。

「阿棗，我們等你等得好心急。」媽媽摟著她說。

她伏在媽媽懷裡，別離的滋味不好受，但人生總是歡聚少，別離多。她忽然明白李澄為什麼討厭別離，她也討厭別離，尤其要和他別離。

李澈來到「雞蛋」找阿佑，阿佑正躲在二樓喝酒，看到李澈，他忽然有些感慨，他有點愛她，但是那一點愛不足以營養生命，他是配不上她的。

「什麼時候回來的？」

「昨天。」

「考試成績怎樣？」

「考到了。」

「恭喜你！」

李澈把帶來的禮物送給他，說：「這是我在英國買的一套餐具，本來就打算送給你，現在可以當作是送給你和姚小姐的結婚禮物。」

「謝謝你——」他勉強擠出笑容。

「聽說你們今天去買戒指——」

「嗯。」

「為什麼她隨時可以走，又隨時可以回來？太不公平了！」她本來打算很冷靜地來向他道賀，但是一旦來到他跟前，她就控制不了自己。她用在自己身上的麻醉藥已經失效。

「誰叫我喜歡她——」阿佑無奈地說。

「是的，誰叫我喜歡你——」她傷心地說。

「阿澈，你很好，可惜——」他企圖安慰她。

「不要說可惜，我最討厭就是『可惜』這兩個字。」她哽咽。

「祝你幸福。」她說。

「謝謝。」他沒有勇氣告訴她，姚雪露今天根本沒有來。

方惠棗沒有回家，她知道李澄不會在家裡，每一次，當他想逃避她，他會去另一個地方。她來到球場，李澄果然在球場上跟小孩子踢足球。

她走到他跟前，他垂頭喪氣地站著，像一個做了錯事的孩子。

「你既然不願意，為什麼又要答應跟我結婚？」她問。

「這樣你會快樂——」

「阿澄，愛情不是創作，不是隨興之所至的——」她恨他。

「如果愛情是一個妥協的遊戲，我們又何必玩這個遊戲？」

「是的，我們都累了。」她淒然說。

「對不起，我不適合你。」他沮喪地說。

「我不是今天才知道的。我可以無限期等你，可惜你的愛是限量生產的精品，我負擔不起。你可以答應我一件事嗎？」

「嗯——」

「這輩子，不要再讓我看到你。」

「嗯——」他垂下頭。

她把他留在球場上，他是她負擔不起的，他們只會互相傷害。

李澄離開球場回到家裡，方惠棗已經搬走了，只留下那一輛腳踏車。

李澄躺在床上，呆望著天花板，也許她說得對，他們都累了。承諾是男人和女人的一場角力，有時候皆大歡喜，多數時候卻是兩敗俱傷。

阿東走了，李澄不必再為任何人改變自己，也不需要再有承諾，可是，他一點也不快樂。他想念她，但他不敢找她，他怕她回來，也怕她不回來。

這一天晚上，有人撳門鈴，他以為是阿東，不是阿東，是他爸爸。

「我還擔心你不在，今天是你的生日，祝你生日快樂！」他爸爸走進屋裡說。

「今天不是我的生日。」李澄失望地說。

「不是嗎？那麼我記錯了。」他抱歉地說，「我真的不會做爸爸，本來一心想補償自己的過失，卻連你的生日都記錯了。」

「不要緊。」他忽然原諒了他爸爸，他在他爸爸臉上看到自己。他沒資格批評他爸爸，他跟他爸爸一樣，都是自私、吝嗇，和害怕承諾的。阿東是多麼愛他，她一直在忍受他的自私、殘忍和冷漠。

「下學年開始，我不再教你們了，我已經辭職。」方惠棗難過地告訴學生。

「方老師，你要去哪裡？」一個學生問她。學生們都捨不得她。

這些日子以來，她活得像行屍走肉，她不想再虧欠她的學生。

「老師，你為什麼要走？」另一個學生問她。

她有點哽咽，她無法回答這個問題，她為什麼要走？人生總是無法不說再見。

下課鐘剛剛敲響，校工來找她去聽電話，她心裡浮起一些奇怪的感覺。

來到教員室，她拿起話筒。

「阿棗，是我——」電話那一頭是李澄，「我就在外面。」

她看到他在學校外面的電話亭裡。她的手微微在顫抖，分手以後，她第一次看到他和聽到他的聲音，那是她熟悉又曾經傷她至深的聲音。

「你明天晚上有空嗎？」

「不是說過不要見面的嗎？」

「明天晚上八點鐘，我在『雞蛋』等你。」

「我不會來的。」

「你一定要來，如果你不答應，我會天天站在這裡等你。」他從電話亭走出來。

「你為什麼要這樣做？」她望著外面的他。曾幾何時，他也是站在那裡，俏皮地告訴她，他想聽聽她的聲音。

「我想見你，我有話跟你說——」

「好吧。」

「那麼，明天見。」他在外面跟她揮手。她很想見他，但幾乎已經知道結果了。像現在不能見面的時候他們互相思念，可是一旦能夠見面，一旦再走在一起，他們又會互相折磨。

李澄坐在「雞蛋」裡等阿東，他手上拿著他那本長篇漫畫故事，是今天剛剛出版的。書的名字是《記憶裡的蝸牛烘蛋捲》，寫的是他和阿東的故事。這是第一集，她和他的故事還沒有完。

「今天有新鮮的蝸牛，待會可以做蝸牛烘蛋捲給阿東吃。」阿佑說。

「謝謝你，有人在樓上開派對嗎？」他覺得二樓很吵。

「有一群畢業生在樓上舉行謝師宴。」

「對，又是謝師宴的時候了。」

他坐在那裡，滿懷希望地等阿東，他知道她會來的，他預先把一枚鑽石戒指藏在漫畫書的其中一頁，當她翻到那一頁，他會向她求婚，他不會再讓她走。

這個家，方惠棗已經好幾個月沒回來了，一切依舊，燈還是亮著，只是牆上那棵聖誕樹有一角已經剝落。

她那輛腳踏車還是放在原來的位置。她來，是要帶它走。

有些人是注定要等待別人的，有些人是注定被人等待的。一向以來，都是她等他，今天晚上，是唯一一次，她讓他等——

晚餐桌上燭影搖曳，李澄孤單地等著，他終於知道了等待的滋味。

方惠棗騎著腳踏車來到她以前任教的那所夜校，校外那棵石榴樹上掛滿鮮嫩的石榴。她記得四年前那個寒冷的晚上，李澄站在這棵樹下扳著枯枝椏等她的模樣兒，那些日子曾經多麼美好。

她騎著腳踏車走過他們以前一起走過的路，一切一切依舊讓她沉醉到如今。

李澄坐在餐廳裡等著，他知道她會來的，她從來不會失約。他不會忘記他曾經每天晚上坐在浴室的馬桶蓋上呼吸著她的沐浴乳的茉莉花香味，那味道一直縈繞到如今。如果她不來，他將只會是一個永遠活在記憶裡的男人。

她騎著腳踏車來到「雞蛋」外面，這是她和他第一次約會的地方。他看到她哭，叫了一客蝸牛烘蛋捲哄她，他曾是那麼愛她。他給她的快樂是雙倍的，也因此他給她的痛苦也是雙倍的。她知道他正在裡面等她，他會原諒她的，從來都是他失約，她失約一次，他不會恨她。她騎著腳踏車離開，把往昔的歡樂遠遠的、遠遠的留在塵埃裡，不要再徘徊。

燈火已然闌珊，那一枚亮晶晶的鑽石戒指忽然變得有點淒美。戒指戴在她的無名指上會很漂亮，可是，她也許不會來了。

樓上那群即將各散東西的學生在高唱驪歌：

「長亭外，古道邊，芳草碧連天。

問君此去幾時來，來時莫徘徊。

天之涯，地之角，知交半零落。

人生難得是歡聚，唯有別離多……」

回到家裡，他發現她來過，帶走了那輛腳踏車。她要向他唱的，也是一曲驪歌嗎？

篇四——他終於知道等待的滋味

愛是要付出的，
不要讓你愛的女人溺死在自己的眼淚裡。

英國倫敦唐人街這家雜貨店，除了賣雜貨，也賣香港報紙，每天下午，在這裡就可以買到香港當天的報紙，住在唐人街的香港移民，來了數十年，說的是廣東話，看的是香港的電視劇和香港的報紙雜誌，彷彿從沒離開過香港。

一名從香港來的留學生，兩年來每個星期天下午風雨不改來到店裡買報紙，雜貨店店主小莊會為她儲起一個星期的報紙，讓她一次拿走。

倫敦的冬天，陰陰冷冷，昨夜下了一場雨，今天更顯得淒清。那個留學生又來到雜貨店買報紙。小莊把一個星期的香港報紙放在一個牛皮紙袋裡交給她。

「像你這麼年輕的留學生，很少人還會看香港報紙。你真關心香港，你是不是有親人在香港？」

方惠棗微笑著搖頭，付了報紙費離開。來倫敦兩年了，她在近郊一所大學裡唸書，每個星期天，坐一小時的地下鐵路來唐人街買香港報紙，為的是看李澄的漫畫。在車上，她急不及待看他的漫畫，看到他的漫畫，知道他還是好好地生活著，那麼，她就放心了。她以為可以忘記他，原來根本不可以。天涯海角，年深日久，她還是愛著他。

列車進入月台，一個中國女人走進車廂，在方惠棗對面坐下來。

「阿棗，是你嗎？」方惠棗抬起頭來，這才發現坐在她對面的是周雅志。

「你什麼時候來英國的？」周雅志問。

「來了差不多兩年。」

「李澄呢？」

「我們分手了。」

周雅志看到她膝蓋上放著一疊香港報紙，都是連載李澄的漫畫的那三份報紙，她顯然還沒有忘記李澄。

「你好嗎？」方惠棗問她。

「我在一家古董店裡工作。」她從皮包裡掏出一張名片給她，說：「有空來看看。」

「好的。」

「我很久沒有看香港報紙了。」

「我也不是常常看。」

「習慣這裡的天氣嗎？」

「習慣。」

周雅志要下車了，她跟方惠棗說：「有空打電話給我。」

方惠棗努力地點頭，她和周雅志都明白，周雅志不會找她，她也不會找周雅志。剛才發現對方的時候，她們很迅速地互相比較了一下。兩個女人，只要曾經愛過同一個男人，一輩子也會互相比較。

方惠棗抱著報紙走路回去那座老舊的房子。

「我弄了一個火鍋，你要過來一起吃嗎？」住在她隔壁的留學生沈成漢過來問她。

「不用了，謝謝你，沈先生。」

沈成漢是芬蘭華僑，來英國唸研究院。他人很好。有時候，他會跟她說起芬蘭。她對芬蘭的唯一印象只是聽李澄的爸爸提起過芬蘭的洛凡尼米。

「剛才你出去的時候忘記關燈。」沈成漢說。

「不，我習慣離家的時候留一盞燈。」離家的時候留一盞燈，本來是李澄的習慣。她離開了他卻留下他的習慣，彷彿從來沒有離開。

後來有一天她病了，反反覆覆的病了一個多月，沈成漢一直細心照顧她。每個星期天他替她去唐人街那家雜貨店買香港報紙回來，在那個寒冷的國度裡，他是唯一給她溫暖的人。

她終於起床了，每個星期天親自去唐人街買香港報紙，但是已經不是每天都看到李澄的漫畫，他常常脫稿，後來，就再沒有在報紙上看到他的漫畫了。

這一年，香港的冬天好像來得特別慢，但一旦來了，卻是一夜之間來的，這天的氣溫竟然比昨天下降了六度。傍晚，街上颳著寒風，報販把報紙雜誌收起來，準備提早下班，李澄拿起一份報紙，放下錢，在昏黃的街燈下看報紙。報紙上的漫畫是符仲永畫的，他現在是一位備受矚目的新進漫畫家，他畫的愛情漫畫很受歡迎。

過去那幾年，李澄很努力地畫漫畫，他知道，無論天涯海角，只要是可以買到香港報紙的地方，阿棗就有可能看到他的漫畫。萬語千言，他都寫在漫畫裡，如果她看到，也許她會回來他身邊；然而，她一直沒有回來，也許她已經不再看香港的報紙了。

從某一天開始，他放棄用這種方法尋找她。她走了，他才知道他多麼愛她。那些年輕的歲月，那些微笑和痛苦，原來是他一生中最美好的時光。往事愈來愈遠，記憶卻愈來愈新。時間並沒有使人忘記愛情。離別之後，留下來的那一個總比離開的那一個更痛苦。他留在房子裡等她，他是不會離開的，萬一有一天她回來，她仍然會看見他。

十四年了，原來她騎著腳踏車去了那個遙遠的地方。腳踏車回來了，人卻沒有回來。李澄撫摸著老了，也憔悴了的腳踏車，他很害怕，無論她是生是死，他都要去找她。他把木箱上的地址抄下來，第二天就去辦簽證和買機票。

「芬蘭現在很寒冷呢，你是不是去洛凡尼米的聖誕老人村？」旅行社的女孩問。

「是的。」他說。

如果世上真的有聖誕老人，他希望收到的聖誕禮物是她還好好活著。

郵件上的地址是芬蘭西南部的城市坦派勒。

抵達赫爾新基的那個晚上，李澄乘火車到坦派勒。這是一個深寒的國度，冰雪連天，他那一身冬衣，本來就不夠暖，現在更顯得寒磣。阿東為什麼會來到這麼一個地方？他實在害她受太多苦，他不能原諒自己。

火車在第二天早上到了坦派勒，雖然是早上，在這個永夜的國家裡，冬天的早上也像晚上，街燈全都亮著，他叫了一輛計程車，把地址交給司機。

車子停在近郊一幢兩層樓高的白色房子前面，門前堆滿了雪。李澄下了車，雪落在他的肩膊上。他終於來了，來到這個流淚成冰，呵氣成雪的地方，來看十四年來縈繞他心中的人。他扳下門鈴，良久，一個中國男子來開門。他看著男人，男人看著他，似乎大家都明白了一些事情。

湖邊的這個公園，地上鋪滿厚厚的積雪，冷冷清清。她的墳最接近湖，墳前有個白大理石的天使，垂著頭，合著手，身上披著剛剛從天上落下來的雪，在風裡翻飛。碑上題著「愛妻方惠棗之墓」，立碑的人是沈成漢。

「一天，她在家裡昏倒，醫生驗出她患的是血管瘤，安排了她做手術。那個時候，她最牽掛的就是家裡那輛腳踏車，她要我把腳踏車寄去香港給一個人。在做手術之前的一天，她的血管瘤突然爆裂，她等不到那個手術了。」沈成漢低聲說。

李澄哀哀地站在墳前，他從沒想過他和她的結局會是這樣。雪在他身邊翻飛，他不敢流淚，怕淚會成冰。

「湖面遲些就會結冰，冬天裡，阿棗最喜歡來這裡溜冰，所以我把她葬在這裡。這片陸地下面很久很久以前也是一片湖。」

「你們曾經是刻骨銘心的吧？」沈成漢問他。

李澄無法回答這個問題。

「我在外面等你。」沈成漢說，他讓李澄一個人留下。

李澄把天使身上的雪撥走，剛撥走了雪又落在上面，那是永無止境的。他永遠等她但她不能來了。如果十四年前相約買戒指的那一天他沒有失約，也許她不用睡在這片雪地下面。他妹妹曾經勸他，別讓他愛的女人溺死在自己的眼淚裡，他卻讓她溺死在雪裡，在湖裡。

他從口袋裡掏出那一枚鑽石戒指，十四年了，她從沒看過，現在他帶來了，可惜她再也看不到。湖面上浮著大大小小的冰塊，再過一些日子，湖面就要結冰。他走到湖邊，把那一枚戒指投進湖裡，讓它帶著他的悔疚沉到湖底最深處，長伴她的白骨。她曾說永遠不想再看見他，他也答應了，今天，他違背了諾言，他來見她，但這是他最後一次違背對她的承諾了。

沈成漢在墳場外面的車子上等李澄，李澄出來了，他抖得很厲害。

「李先生，快上車吧。」他打開車門讓他上車。

李澄不停地打哆嗦，沈成漢把一張毛毯放在他懷裡。

「謝謝你。」他抖顫著說。

「阿棗剛剛來這裡的時候，也很不習慣這麼寒冷的天氣，她腳上常常長凍瘡。」

車子在一家中國餐館外面停下來。

「這是我們開的餐廳，進來喝碗熱湯吧。」

這是一家小餐館，綠色的牆，紅色的桌子，是典型中式餐館的裝潢，平常或許帶點喜洋洋的氣氛，這一刻，卻變成最沉重的背景。

沈成漢拿了一瓶酒給李澄，說：「喝點酒會暖一些。」

「謝謝你。」

「李先生，你要吃點什麼嗎？」

「不用了。」

「這種天氣，不吃點東西是捱不住的，我去廚房看看。」

李澄唯一可以原諒自己的，是阿棗嫁了一個好人。他把酒一杯一杯的倒進肚裡，但是酒沒能止住他的悲哀。

沈成漢從廚房裡捧著一客剛剛做好的烘蛋捲出來。「你試試看。」他說。

李澄用刀把蛋皮切開，這是蝸牛烘蛋捲，他的手在顫抖。

「我說在中國餐館賣蝸牛烘蛋捲好像有點怪，但是阿棗喜歡這道菜，客人也讚不絕口，他們叫這個烘蛋捲做天使烘蛋捲，說是像天使做的那麼好吃。」

李澄想起阿棗墳上那尊白大理石天使。天使垂著頭、合著手，身上的雪在風裡翻飛。現在只有天使陪伴著她。

「沈先生，我要去找旅館了。」李澄把刀放下。

「你不吃嗎？」

「我真的不餓。」

「附近就有一家小旅館，我開車送你去。」

「不，我自己坐車去好了。」他戴上帽子。

李澄獨個兒走在昏黃的街燈下。他踏在雪地上，雪落在他的肩膊上。記憶裡的蝸牛烘蛋捲，那些年輕的歲月，原來是他生命中最美好的日子。雪融了，會變成水，水變成蒸氣，然後又變成雨，後來再變成雪，可是，那些美好的日子卻永不復返。他的睫毛、他的鼻孔、他的嘴角都結了冰，那是他的眼淚。

李澄騎著腳踏車來到阿棗以前任教的那所夜校，他曾在石榴樹下面等她，石榴樹的樹葉已經枯了，片片黃葉在地上沙沙飛舞，他彷彿還記得她那蒼白微茫的笑。

他騎著腳踏車穿過大街小巷，走過他們曾經一起走過的地方。腳踏車回來了，人也回來了。她坐在他後面，抱著他，俏皮地問他：「你愛我嗎？」

「嗯。」

「愛到什麼程度？」她的頭髮吹到他的臉上來。

「已經到了危險的程度——」他握著她的手，淒淒地說。

後記——

一生能聽多少回「我愛你」？

這本小說距離上一本小說推出的時間剛好一年。這一年來，常常被人追問：「你的新小說什麼時候推出？」寫得那麼慢，是因為不想重複自己。每次寫一個長篇小說，都是一場戀愛，我希望我每一次戀愛都是刺激的，而不是老調重彈。

常常有人問我：「你寫的故事是真的還是假的？」

我會說，一半是真，一半是假，假的後來都會變成真的。我會漸漸相信自己所寫的故事。我曾經以為，兩個人只要相愛，就能夠為對方改變，寫了這個故事之後，我才知道，無論多麼愛對方，我們也不可能為他全部改變。從前我不會相信一個人會等另一個人十四年。寫了這個故事之後，我想，如果我愛一個人的話，我也許會等他十四年，或者更久。

我們這一輩子要等待的事情太多了。女人等男人承諾，男人等女人改變。女人總是希望男人為她承諾，男人卻常常在女人需要他的時候溜走。承諾本來就是一場角力，我想寫的，不是這一場沉痛和兩敗俱傷的角力，而是在我們追尋承諾的過程裡，在我們以為得不到承諾的時候，我們已經得到了。阿棗走了，李澄還是等她。

一個害怕承諾的男人，為了愛情的緣故，悲傷地等著他愛的女人回來。不要去追尋承諾，那是我們負擔不起的。如果能聽到一聲「我愛你」，已經是一個美麗的承諾。

晚餐桌上的燭影搖曳，燈火已然闌珊，我們一生又能聽到多少回「我愛你」？

張小嫻

一九九八年七月十三日

愛情裡的灼熱與冷卻，微笑與淚水，唯有張小嫻最懂！

謝謝你離開我
張小嫻散文精選

離開，原本就是愛情與人生的常態。
那些痛苦增加了你生命的厚度，有一天，當你也可以微笑地轉身，
你就會知道，你已經不一樣了！

三個ＡＣＵＰ的女人

三個交會於城市一隅的ＡＣＵＰ女子，自認對男人的眼光也是Ａ級的。
卻發現原來義無反顧，只是一枚胸章，用來紀念那令人懷念的純情歲月……

最幸福的一種壞
張小嫻散文精選

我們內心真正渴望的，其實是某種程度的依附。
在他面前，不但可以調皮，也可以蠻橫，
因為被自己所愛的人寵壞，就是最幸福的一種壞。

荷包裡的單人床

日復一日，我等著你開口，但你總是沉默。
日落月出，你沉睡時依然緊握我的手。可是，你愛我嗎？

談一場不分手的戀愛
張小嫻散文精選

終於你明白，這就是愛情。
這一生，總有一個人，老是跟你過不去，你卻很想跟他過下去。

賣海豚的女孩

從前以為，我們無法一起是因為你太壞，
後來我才知道，其實是我太好。

我可以不愛你
張小嫻散文精選

為一個愛我的人而等待，才是有價值的。
為一個不值得的人等待，是浪費青春。我可以愛你，也可以不愛你……

我們說好不分手
張小嫻散文精選

我要的，不過是你給的無數顆螺絲釘，
每隔一段時間，就可以拿出來上緊我們的愛。

紅顏露水

她彎翹的睫影顫動著，想著幸福和未來，人生和夢想。
愛情開始自她腳踝邊漫淹開來，然而，她真的可以愛他嗎？

愛情，不是你為我做了什麼
張小嫻散文精選

情侶之間，根本不需要承諾。
我們相愛，就是一種約定……

再見野鼬鼠

原來愛情只有兩個結果：
得到很多尊嚴，或失去很多尊嚴。

雪地裡的天使蛋捲

他以為有了愛情就不會孤單，
現在才知道即使愛上一個人，也還是會孤單的……

國家圖書館出版品預行編目資料

雪地裡的天使蛋捲 / 張小嫻著.--二版.--臺北市：皇冠. 2015.12 面；公分（皇冠叢書；第4516種）(張小嫻愛情王國；12)

ISBN◎978-957-33-3200-8（平裝）

857.7 104025048

皇冠叢書第4516種
張小嫻愛情王國 12

雪地裡的天使蛋捲

作　　者—張小嫻
發 行 人—平雲
出版發行—皇冠文化出版有限公司
台北市敦化北路120巷50號
電話◎02-27168888
郵撥帳號◎15261516號
皇冠出版社(香港)有限公司
香港上環文咸東街50號寶恒商業中心
23樓2301-3室
電話◎2529-1778　傳真◎2527-0904
總 編 輯—龔穗甄
責任編輯—許婷婷
美術設計—王瓊瑤
著作完成日期—1998年8月
二版一刷日期—2015年12月

法律顧問—王惠光律師

讀者服務傳真專線◎02-27150507
電腦編號◎537012
ISBN◎978-957-33-3200-8
Printed in Taiwan
本書定價◎新台幣250元/港幣83元